NARUTO
SHINDEN

ナルト新伝「親子の日」

NARUTO SHINDEN

岸本斉史 MASASHI KISHIMOTO
宮本深礼 MIREI MIYAMOTO

目次
CONTENTS

NARUTO SHINDEN
「親子の日」

SHINO'S INTERLUDE

人物紹介
CHARACTERS

うずまきナルト
七代目火影。木ノ葉隠れの里の英雄。元第七班。

うずまきヒナタ
日向家出身の白眼使い。元第八班。

うずまきボルト
木ノ葉隠れの里の下忍。趣味はゲマキ(TCG)。

うずまきヒマワリ
ボルトの妹。白眼を受け継ぐ。

日向《ひゅうが》ヒアシ
日向宗家の主でヒナタの父。白眼の使い手。

日向《ひゅうが》ハナビ
ヒナタの妹。流行、ファッションに詳しい。

うちはサスケ
ナルトのライバルにして友。元第七班。

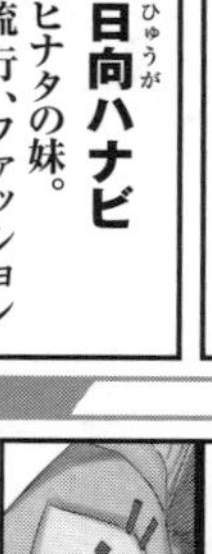

うちはサクラ
医療忍術の使い手にしてサスケの妻。元第七班。

うちはサラダ
木ノ葉隠れの里の下忍。ボルトの同期。

秋道《あきみち》チョウジ
倍化の術の使い手。元第十班にして、猪鹿蝶の一人。

秋道《あきみち》カルイ
チョウジの妻。元雲隠れの里の忍。

秋道《あきみち》チョウチョウ
木ノ葉隠れの里の下忍。食べるのが大好き。

奈良《なら》シカマル
火影の相談役。元第十班にして、猪鹿蝶の一人。

奈良《なら》テマリ
五代目風影・我愛羅《ガアラ》の姉。シカマルの妻。

奈良《なら》シカダイ
木ノ葉隠れの里の下忍。ボルトの親友。

山中《やまなか》サイ
超獣偽画の使い手。元暗部。

山中《やまなか》いの
やまなか花店の娘。元第十班にして、猪鹿蝶の一人。

山中《やまなか》いのじん
サイといのの息子。超獣偽画を受け継ぐ。

ロック・リー
木ノ葉一の努力の天才。元第三班。

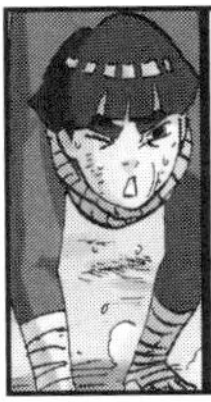

メタル・リー
ロック・リーの息子。努力家だが本番に弱い。

テンテン
忍具屋「忍具転転」店主。元第三班。

はたけカカシ
六代目火影。ナルトたち元第七班の師。

犬塚《いぬづか》キバ
忍犬使いで、赤丸を相棒としている。元第八班。

油女《あぶらめ》シノ
忍者学校の教師。元第八班。

この作品はフィクションです。
実在の人物・団体・事件などにはいっさい関係ありません。

序章

NARUTO SHINDEN

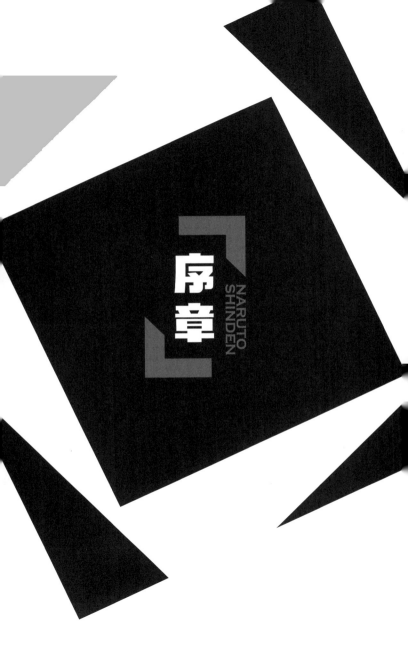

「親子の日ぃ？」

中途半端《はんぱ》に開封された段ボール箱や巻物で雑然とした火影室《ほかげしつ》に、七代目火影、うずまきナルトの声が響《ひび》いた。

読み上げた書類をばさりと机に置き、顔を上げる。困惑《こんわく》の色濃い瞳《ひとみ》を向けた先には、火影の相談役を務《つと》める男――奈良《なら》シカマルの姿が。

「ああ。新しい休日に名前をつけろとさ。新市街の連中からの要望だ」

シカマルの補足を聞いても腑《ふ》に落ちず、ナルトは問いを重《かさ》ねた。

「休日に名前って……どういうことだってばよ？」

「さあな。祭りの呼び方みたいなもんだろ。そもそも、連中と俺たちとじゃ休日の意味合いが変わってくる」

「ふーん……」

生返事《なまへんじ》をし、ナルトは火影室の扉を眺《なが》めた。

その先にそびえる火影岩を、さらに向こうに広がる新市街を見つめるように。

十数年前、第四次忍界大戦《にんかいたいせん》に先駆けて行われたペインの襲撃により、木ノ葉隠《こはがく》れの里は文字通り更地《さらち》の荒野と化した。ひしゃげた家屋にえぐれた大地。里の基盤は根こそぎ吹き飛ばされたのだ。

だが、潰《つい》えずに残ったものもある。火影岩だ。

火影岩あるところに木ノ葉あり。自分たちを長年見守ってくれていた歴代の火影に背を向け、新《あら》たな土地で木ノ葉を興《おこ》すなど、里の者たちには考えられなかった。

必ずやこの地で再興するのだ！

その想《おも》いは里の復興、そして、驚異的な発展へと繋《つな》がっていく。

里の創設時から営業を続けていた雑貨屋は二十四時間営業のよろず屋へと姿を変え、日が沈もうと暖簾《のれん》を下ろすことはない。

里の内外には鋼鉄のレールが敷かれ、その上を雷車《らいしゃ》と呼ばれる細長い鉄の箱が走りはじめた。往来に数日を要していた他里との交流も、これにより一段と楽になった。

火影岩の後方には高いビルが建ち並び、その壁面に備《そな》えられた巨大モニターからは火《ひ》の国のみならず、各国のニュースが流れている。『火影岩を見下ろす建物など言語道断《ごんごどうだん》』――ご意見番の老人たちはそう反対していたが、利便性は捨てがたく、次第《しだい》に声も小さくなっていった。

数百人の居住を可能とするマンションはさらなる移住者を里に呼び、今や里の人口は忍《しのび》よりもそうでない者のほうが多いとさえ言われている。ナルトが卒業した忍者学校《アカデミー》ですら忍術科が定員割れを起こし、普通科の併設を余儀《よぎ》なくされる時代だ。平和になった証《あかし》といえばそれまでだが。

もはや木ノ葉隠れの里は隠れることをやめ、火の国一の大都市となっていた。


高層ビルが連《つら》なる一画を、ナルトたちは新市街と呼んでいた。

もちろん便宜上《べんぎじょう》そう呼んでいるだけで、木ノ葉に新だの旧だのといった格差はない。たとえ新市街で暮らす人々の多くが忍でなくとも、ナルトにとって里の者は皆等《ひと》しく家族なのだ。

もっとも、忍とそうでない者とでは、どうしても生活サイクルに違いが出る。

そのひとつが休日だ。

忍の世界は不安定であり、且《か》つ不条理。決められた勤務時間があるわけでもなく、特定の日に休むというのは難しい。それゆえ、忍にとっての休日とは『たまたま任務がない日』となる。いつ訪れるかわからない休日を特別視する忍は少なかった。

しかし、そうでない者にとっての休日とは『定期的に訪れる骨休みの日』だ。彼らは週に一度の休日に加え、なんらかの記念日も休みにならないか要求していた。今回の案件も、それに関《かか》わるものだ。

「まあ、カレンダーの日付を赤くするだけじゃ寂《さび》しいしな」

ナルトは火影の判子《はんこ》を手に取り、

「名前があってもいいんじゃねーか。反対する理由はねーってばよ」

手もとの書類に、ポンッと印を押した。

「決まりだな」

すぐさまシカマルの手によって、書類が『可決箱』へと放り込まれる。

かくして、木ノ葉隠れの里に『親子の日』なる休日が設《もう》けられた。

「……けどよ、親子の日って……具体的にどういう日なんだ?」

「申請書《しんせいしょ》によると、親子の絆《きずな》を深める日だそうだ。大層なお題目だが、要は買い物やら旅行やらで親子揃《そろ》ってはしゃげってことだろ」

「親子の絆……か」

ナルトの表情に影が落ちる。頭にあるのは子供ふたりのことだった。ボルトとヒマワリ。

彼らと最後に親子の時間を過ごしたのは、いったいいつだったろうか。

「ま、オレたちも家族サービスといこうじゃねーの」

それを察してか、シカマルの声はことさら明るいものへと変じていた。

「たまには家でゆっくりしろよ。どうせ帰っても寝てばっかで、ろくにガキ共《ども》と話せてねーんだろ？　スケジュールに都合《つごう》がつくよう、オレも手伝うからよ」

「シカマル……へへ、サンキュー」

朗《ほが》らかに笑《え》みを交《か》わすナルトとシカマルだが、ふたりの視線はじわじわと床《ゆか》に下がっていった。

そこには机からこぼれ落ち、床の模様かと見紛《みまが》うほど散らばった書類の山が。

「……都合、つくよな？」

シカマルの声に虚《むな》しいものが混《ま》じるが。

「ああ」

ナルトの返事は力強かった。

「親子の日……いいじゃねえか。絶対に帰ってみせるってばよ！」

「第一章」

NARUTO SHINDEN

父と娘、木ノ葉を駆ける

帰れなかった。

正確には『親子の日』に帰っている最中なのだが、時刻はまだ陽《ひ》も昇《のぼ》りきらない早朝。これでは家に帰ったところで夕方まで寝続けるしかない。一日がパーだ。

閑散《かんさん》とした住宅地を進むナルトの足取りは酔漢《すいかん》のようにふらついていた。酒が入っているわけではなく、ただひたすらに眠いのだ。

「……ふぁ……ぁあ」

大きなあくびが自然とこぼれ、緩《ゆる》んだ涙腺《るいせん》から涙が滲《にじ》み出《で》てきた。

最後に睡眠を取ったのは何日前だったか。それすらあやふやになるほどの激務がここ数日続いていた。元々あった書類に目を通すだけでも一苦労だというのに、親子の日の制定を知った商人たちが屋台を出したいと、火影《ほかげ》屋敷に殺到してきたのだ。場所の確保に警備の派遣《はけん》。それらの手続きを終えたのがつい一時間前のこと。

帰り支度《じたく》をしているとき、見かねたシズネが眠気覚ましの丸薬《がんやく》を出してくれたが、洗っていない水槽《すいそう》みたいな臭《にお》いがしたので遠慮しておいた。今にして思えば、選《え》り好《ごの》みせずもらっておくべきだったかもしれない。

睡魔は手を抜くということを知らず、路傍《ろぼう》に積まれたゴミ袋の山が仮眠用のベッドに見えたし、塀《へい》の上で寝ている猫が無性《むしょう》に妬《ねた》ましくもなった。あまりに気持ちよさそうで。

師、自来也《じらいや》の教えによると、酒と金と女にまつわる『三つの欲』は忍《しのび》を駄目《だめ》にするという。

つまり睡眠欲に負けて駄目になるのは忍としてなんら問題ないのだ。たとえ熟睡中の猫を猫騙《ねこだま》しで驚かせて『してやったり』とほくそ笑《え》んだとしても、自分は忍として間違っていないはず。大人《おとな》げないのはともかくとして。

胸中で猫に謝《あやま》っていると、ようやく我《わ》が家《や》が見えてきた。

二段重《がさ》ねのケーキに、末広がりの桶《おけ》を被《かぶ》せたような外観。

里を治《おさ》める火影の私宅にしては質素だという声もあるが、金にモノを言わせた豪奢《ごうしゃ》な家を建てようものなら『金欲に溺《おぼ》れている』と亡《な》き師に叱《しか》られてしまう。それになにより、そんな家はナルト自身の趣味に合わなかった。

「ただいまぁ……」

まだ寝ているであろう妻と子供を起こさないよう、ナルトは小声で（もとより大声を出す元気もなかったが）家のドアを開けた。

ところが。

『ただいまぁ……』の〈まぁ〉の部分が、思いのほか大声になった。というより、イントネーションがずれた。語尾に疑問符がつき〈まぁあ?〉といった具合に。

「ヒマワリ?」

なぜか、娘のヒマワリが玄関で寝ていたのだ。

ちゃんと毛布にくるまっているため、体調不良で倒れたわけではなさそうだが……

「ヒマ? おい、大丈夫か?」

肩を揺すると、小さな目がうっすらと開いた。

「あ、パパ……おかえりぃ」

「なにやってんだ、こんなとこで」

寝起きでしょぼつくヒマワリの目と、寝不足でしょぼつくナルトの目が交錯《こうさく》する。どちらのほうが眠たそうかといえば、ふたりとも同じ程度に眠たそうではある。

「んー……?」

眠気を振り切れていないまぶたをヒマワリがこする。と、手の中でくしゃりと音がした。それでなにか思い出したのか「あっ」というつぶやきと共に、彼女の目にシャキッとした光が宿った。

「パパ、これ！　これ買って！」

毛布から這《は》い出《で》て、手の中で丸まっていた紙――チラシを広げ、こちらに見せつけてくる。

「『きゅうびの！　クラーマ』……？」

でかでかと書かれた丸っこい文字を、ナルトはそのまま読み上げた。チラシには文字だけでなく、長細い卵の写真と、可愛《かわい》らしくデフォルメされた狐《きつね》のイラストも掲載《けいさい》されている。狐にはふさふさの尾がたっぷり生《は》えていた。

クラーマという名前に、尾がたくさんある狐……

もしやという思いがあったが、それよりも。

くるむ相手がいなくなり、上《あ》がり框《がまち》でだらりと広がった毛布を見やる。

「ひょっとして」

「それを言うためにわざわざ玄関で待ってたのか？」

「うん」

率直《そっちょく》に、ヒマワリが頷《うなず》く。

「だって、ママが出かける前に言ってたんだもん。パパは昨日《きのう》のうちに帰ってきてくれる、って」

「う……」

無垢《むく》な言葉がフックとなって脇腹《わきばら》をえぐってくる。たしかに、妻のヒナタにはそう伝えていた。余裕を持って『親子の日』を迎えられるよう、前日のうちに仕事を片づけて家に帰るようにする、と。

「わりぃ、残ってた仕事が……その、終わらなくってよ」

短く刈《か》り揃《そろ》えた髪を掻《か》きながら、そう言《い》い訳《わけ》して。

ナルトはふと、ヒマワリの言葉に引っかかりを覚えた。

「母さん、出かけてるのか？」

ヒマワリの頭越しに家の中を覗《のぞ》き込《こ》む。二階、寝室、居間……ヒナタの気配はどこにも感じられなかった。

「うん。昨日の朝、おじーちゃんとこ行ってきます、って」

――ヒマワリの祖父にはふたりの人物が該当《がいとう》する。

まずひとり。ナルトの父、ミナトなのだが、父は三十年以上前に他界している。

だから、ヒナタが会いに行ったおじーちゃんとは、日向《ひゅうが》ヒアシのことだ。

「おじいちゃんのところに？　なんだってまた……」

ヒアシのところといえば日向宗家《そうけ》。顔を出す予定などあっただろうか。しかも昨日の朝とは。ほぼ丸一日前である。そんなに長く家を空《あ》けるなんて一言《ひとこと》も言っていなかったはずだが……

いや。

昨日のうちに帰ると伝えたのは、他ならぬナルト自身だ。ヒナタはその言葉を信じたに過ぎない。だからこそ、子供たちを任《まか》せておけると判断したのだろう。つまり——

妻の信頼を裏切ってしまったわけだ。

（………やっちまった……）

ずーん……と、ナルトは玄関にくずおれ、うなだれた。

「パパ、大丈夫？　どうして亀《かめ》さんみたいになってるの？」

「あー……なんでもないってばよ……」

よろよろと体を起こし、手を振る。

「ヒマワリこそ大丈夫か？　母さん、朝からいなかったんだろ？　飯《めし》はどうしたんだ？」

「朝ご飯とお昼ご飯はママが作っといてくれたよ。晩ご飯はなかったけど——」

ちらりと、ヒマワリが肩越しに二階を見る。

「お兄ちゃんがね、作ってくれたの」

「ボルトが？」

ヒマワリの視線を辿《たど》り、ナルトも二階に——息子《むすこ》、ボルトの部屋に目をやった。うっすらといびきが聞こえてくる。

（アイツ……しっかり〝お兄ちゃん〟してるじゃねーか）

こぼれた笑みを隠すように、ナルトは「ヘヘッ」と鼻の下をこすった。

「そっか、ボルトが料理か」

どんなの作ってくれた？　そう訊《たず》ねると、

「えっとー…………」

ヒマワリはうつむくと、しばらく考え込んで、

「卵を焼いたやつと、お肉を焼いたやつ！　あと、お米！」

「……うん？」

料理名ではなく素材名で答えてきた。それでなんとなく出来映《できば》えは察せられたが、大事なのは妹を想《おも》う気持ちだ。だから大丈夫。たぶん。

意識してみれば、焦《こ》げの残《のこ》り香《が》のようなものが台所から漂《ただよ》ってくる。黒ずんだフライパンや汚《よご》れた食器で一杯になった流しが容易《ようい》に想像できた。

「んじゃ、今日《きょう》の飯は父ちゃんがどうにかすっからよ。とりあえず……一眠りさせてくれ」

ふぁあ、とナルトの口からあくびが漏《も》れる。

「ヒマワリもまだ眠いだろ？　こんな硬《か》ってー床《ゆか》じゃなくって、ちゃんと布団《ふとん》で寝ねェと
……よし、父ちゃんが布団まで運んでってやろうか！」

そう言って、娘を抱きかかえようとするが、

「やだ！」

力強く拒絶され、押し返されてしまった。

「えっ……？」

思いも寄らぬ反応に言葉を失うと、ヒマワリが先ほどのチラシを掲《かか》げてきた。『きゅう
びの！　クラーマ』のチラシを。

「寝ちゃ駄目！　これ、今から買いに行こ？　いいでしょ？」

「あ……ああ……」

そういうことか、とナルトは胸を撫《な》で下《お》ろした。

「わかった。けど、また今度な。父ちゃん今すっげー眠くってよ……」

「今度じゃ駄目なの！　ほら、ここ見て」

ヒマワリがチラシの一部を指《さ》し示《しめ》す。そこには『親子の日限定！　特別セール！』と書
かれていた。親子の日に乗じた商売。火影屋敷に集まっていた商人たちが立案《りつあん》したものだ
ろうか。商機を見いだす彼らのあざとさは、瞳術使《どうじゅつつか》いの忍ですら舌を巻くに違いない。

「ね？　今日じゃなきゃ買えないんだよ？」

「なにも今日しか買えねーってことはないだろ。次の誕生日まで我慢すりゃーそんなおもちゃのひとつやふたつ、どどーんと山のように買ってやるってばよ」

「やだ――っ！」

再《ふたた》びの拒絶。睡眠不足の頭にヒマワリの甲高《かんだか》い声がキンキンと響《ひび》く。

思わずたじろぐと、

「だってパパ……」

チラシを掲げていたヒマワリの手が緩やかに落ちていき。

じとりと、娘の目が鋭い上目《うわめ》遣《づか》いに変わった。

「約束、守ってくれないもん」

「おぐッ……」

つぶやかれた言葉がストレートとなり、みぞおちを貫《つらぬ》いてくる。「んなことないってばよ」と否定したかったが、悲しいことにヒマワリの言う通りだった。

遊びに連れていくと約束していたのに仕事が片づかず、影分身《かげぶんしん》に任せてしまったことがある。そのうえ術が解けてバレてしまう始末。

「と……父ちゃんを信用しろって。今度こそは、遊びに連れてくから。な？」

「…………」

ぶすりと頬《ほお》を膨《ふく》らませ、ヒマワリが押し黙る。

「ハハ……ハ……」と乾《かわ》いた笑い声を玄関に残し、ナルトは自室に向かいはじめた。一歩、二歩と、ヒマワリの視線を背中に感じながら。

歩幅は徐々に狭《せば》まっていき、ナルトは五歩目で足を止めた。

腰に両手をあてがい、うつむき気味に深呼吸して――

「――っし！」

ナルトは自分の両頬を、思いっきりはたいた。

「パ、パパ？」

驚いているヒマワリに向き直ると、ナルトはニカッと白い歯を見せた。

「ちゃちゃちゃっとシャワーだけ浴びてくっからよ。ヒマワリも出かける準備しとけよ！」

ヒマワリは目をぱちくりとさせていたが。

「うん！」

すぐに微笑《ほほえ》んで、二階の自室に駆けていった。

扉が閉まるのを確かめてから、ナルトはもう一度両頬をひっぱたいた。

今度は、さっきよりもさらに強く。

◎◎◎◎◎

「なんだこりゃ……」

里の旧市街にある玩具店《がんぐてん》、『おもちゃのますだ屋』を前にして、ナルトは絶句した。

新市街の量販店と比《くら》べ、ますだ屋は店舗《てんぽ》面積にしても品揃《しなぞろ》えにしても一歩及ばずにいる。けれど新製品を見境なく並べる量販店とは違い、ますだ屋は子供たちの動向をつぶさに読み取って商品を展開していた。

人気を博したゲームの最新作であろうと子供たちの興味が薄れていれば入荷を絞《しぼ》り、かと思えば誰もがコケると予想したキャラクターグッズを重点的に販売し、流行の発信源になることもある。

ますだ屋はナルト御用達《ごようたし》の玩具店だった。前述《ぜんじゅつ》の事情は元より、なによりも家から近い。店の前を通るたび、おもちゃにはしゃぐヒマワリと、どんなお土産《みやげ》でも喜んでくれていた幼き日のボルトを思い出して胸の内が温かくなったものだが——

そんなますだ屋の前が、今は大勢の人で埋《う》め尽《つ》くされていた。

誰も彼もが抗議活動よろしくますだ屋に詰《つ》め寄《よ》り、声を張り上げている。

「ちょっとォ！　さっさと店を開けなさいよ！」

「どんだけ外で待たせる気ッ!?　足が棒になったらどうすんの！　足が棒って、それもう木人形《もくにんぎょう》じゃない？　アタシに手裏剣《しゆりけん》の的《まと》にでもなれってーのッ!?」

「こういうのを殿様《とのさま》商売って言うのよ！　と・の・さ・ま！　ますだ屋さんもエラくなったものねェ!?」

その多くがナルトと同年代か、少し年嵩《としかさ》であろうご婦人たちだった。ちなみに、まだ開店時間前である。

ナルトは遠巻きに人だかりを眺《なが》めながら、傍《かたわ》らで同じように目を丸くしているヒマワリに訊ねた。

「まさかここにいる全員……あのチラシを見て集まったのか？」

「たぶんそう、かなぁ？　クラーマ、今すっごく人気だから」

「へぇぇー……」

ご婦人たちの熱量に圧倒され、ナルトはそうつぶやくことしかできなかった。

「おっ……お客様っ！　どうか落ち着いてください！」

怒声《どせい》の中に悲壮《ひそう》な声が混じる。ますだ屋のスタッフだ。シャッターの前に立ち、獅子《しし》の群れに囲《かこ》まれたウサギのように青ざめている。

「もう間もなく開店時間になりますので！　店内の混雑を避けるため、おひとりずつの入店をお願いします！　今から列をお作りしますから、先頭の方から順に――」

「列ぅ？　冗談じゃないわよ！」

「そうよ！　あんたねェ、誰が一番で誰が二番か、きっちり把握《はあく》できてるわけ？」

「い、いえ……それは……」

「でしょ!?　わたしより遅れてやってきたのろまが先に並びでもしたら、どう責任取ってくれんのッ！」

「でしたら、今から抽選《ちゅうせん》で番号札《ふだ》をお配《くば》りしますので、一番札の方から順に――」

「抽選！　ハッ、しゃらくっさいこと言わないでちょーだい。こちとら家で子供が楽しみに待ってんのよ。いいから早く店を開けなさい！」

「そーだそーだ！」と、それに同調する声が続く。どうやら彼女らはクラーマとやらを子供からせがまれたために、朝早くから待っていたらしい。

（母は強し、ってとこか）

しみじみ――というより、戦々恐々《きょうきょう》とそう思う。詰め寄った母親たちの手で店員が揉《も》みくちゃにされている光景を目の当《ま》たりにしているため、なおさらだ。

（クラーマを買うってことはだ。このおっかねェ母ちゃんたちの集団をかいくぐって、店の奥に進めってことだろ？）

もしもここにいるのが自分ではなくヒナタだったならどうだろう。気後《きおく》れすることなく母親の群れに立ち向かっただろうか？

自問してみるが、答えはすぐに出た。普段はおっとりしていても芯《しん》の強い彼女のことだ。娘のためなら自分のことなど顧《かえり》みず、突き進むに違いない。

「しっかし、こんなに人気があるとは思わなかったな。そのクラーマってやつ。いったいどんなおもちゃなんだ？」

訊ねると、ヒマワリは無邪気《むじゃき》な笑顔で答えてきた。

「えっとね、キュウビのヨーコっていう狐さんを育てるの」

「その狐の名前がクラーマ？」

「うん。すっごく可愛いんだけど、本物はあんまり可愛くなくて、目がギョロッとしてるんだって」

「……んー。たしかにアイツ、目つきは良くないかもな」

「パパ、本物のクラーマ見たことあるの？」

「ちょっとだけな」

どうやらクラーマとは九喇嘛《クラマ》のことで間違いないらしい。

たしかに目を通した記憶がある、九喇嘛を題材とした商品開発の可否を問う書類に。

かつては天災と恐れられ、里に大きな傷痕《きずあと》を残した九喇嘛が、商品となって人々の目に触れる……それはナルトの中で、心に刺さった小さな棘《とげ》が抜け落ちた瞬間だった。

九喇嘛に向けられていた憎悪《ぞうお》と畏怖《いふ》の念が薄れ、ようやく受け入れられた気がしたのだ。

あのときは感慨《かんがい》深《ぶか》く書類に判を押したものだが、まさか子供向けのおもちゃになっていたとは……

ともあれ、自分の判断は間違っていなかったようだ。嬉《うれ》しそうに話し続ける娘を見て、ナルトはことさらそう思った。

「――でね、最初は卵の中にいて、撫でてあげたり、手を叩《たた》いて応援してあげたりすると、卵の中から出てくるんだよ」

「狐って卵から産まれるんだっけか……?」

違った気もするが、どうだったろうか。ナルトの頭上に『?』が浮かぶ。

「丸っこくて、ちっちゃい食べ物をあげると喜ぶの。ヒョーローガンって名前なんだけど、いくつか種類があって、赤色のを食べさせると毛の色が濃くなったりするみたい」

「随分《ずいぶん》と可愛らしいモン食ってんだな、クラーマ」

「頭をポコポコ叩いて、一緒に遊ぶこともできるんだって」

「ポコポコ叩かれんのか、クラーマ……」

チラシに描かれていた可愛らしい狐をグーでどつく娘の姿を想像してしまった。なかなか衝撃的な絵面《えづら》だが、子供向けならそう過激な叩き方はしないだろう。

それにしても、とナルトは苦笑を浮かべた。

「卵から産まれたり、食事を用意したり……なんつーか、まるで赤ん坊みてーだな、クラーマ」

ヒマワリには共感しづらかったのか、目を瞬《しばた》かせていたが。

ナルトが苦笑を引っ込めようとしたとき。腹の奥底から響いてくる声があった。

『オイ。誰が赤ん坊だって……？』

クラーマ――ではなく、正真正銘《しょうしんしょうめい》、本物の九喇嘛の声。自分を模《も》した架空のキャラクターとはいえ赤ん坊扱《あつか》いは心外だったのか、不満の色が濃く顕《あらわ》れている。

後々根に持たれても面倒だ。ナルトはフォローを入れようと、自身の内側に意識を向けかけたが、

「おー？　誰かと思えば……ナルトじゃねーか！」

ますだ屋に集まった客のひとりがナルトに気づき、いきなり声をかけてきた。おかげで九喇嘛と話すタイミングを逸《いっ》してしまった。

「キバ！　珍しいな、こんなとこで会うなんて」

声の主《ぬし》は忍者学校《アカデミー》時代の同期であり、いくつもの任務で共に死線を越えてきた戦友――犬塚《いぬづか》キバだった。子供の頃は無造作《むぞうさ》に跳《は》ねていた髪も、今はオールバックに撫でつけられ、尖《とが》った顎髭《あごひげ》と相《あい》まって野性味のある風貌《ふうぼう》になっている。

のそりと、キバの足下《あしもと》で白いモノが動いた。忍犬《にんけん》の赤丸《あかまる》だ。騒いでいる母親連中から逃げるようにナルトの足下まで来ると、どてりと寝っ転がってしまった。

既《すで》に老犬の域《いき》に達している赤丸にとって、この喧騒《けんそう》は煩《わずら》わしいだけなのだろう。

さらに、後ろから一匹の小犬がとてとてと近づいてくる。小さい頃の赤丸によく似た、朱丸《あけまる》だ。

「珍しいってんなら、お嬢ちゃんと一緒にいるてめーのほうこそだろ。よっ。今日はオヤジさんと買い物か？」

朱丸を撫でようと手を伸ばしていたヒマワリだが、キバに話しかけられるなり、こくこくと頷いてナルトの後ろに隠れてしまった。

「こら。ちゃんと挨拶《あいさつ》しなきゃ駄目だろ？」

失礼を詫《わ》びさせようとしたが、キバは一向《いっこう》に構《かま》わないらしく、

「いいっていいって。人見知りっつーか恥ずかしがり屋っつーか、そこら辺はヒナタ譲《ゆず》りだな。てか、すっかり大きくなったじゃねーか。ついこないだまでこんなだったのによ」

そう言って、胸の前に掲げた手で三十センチほどの空間を示してみせた。

「いくらなんでも、そんなにちっちゃくはねーだろ。子犬じゃねーんだから」

「わかんねーもんだぜ。いつも一緒にいれば特にな」

キバは快活に笑うと「んで……」と言葉を継《つ》いだ。

「ここにいるってことはだ。お前んとこもクラーマが目当てか？」

「ああ。ヒマワリにねだられちまって……」

依然《いぜん》として後ろに隠れたままのヒマワリの髪を、わしゃりと撫でる。

「そっちはどうなんだってばよ。まさか、犬の世話に飽《あ》きて狐の世話をしたくなった……とか？」

「ヘッ、ジョーダン。オレは知り合いに頼まれただけで――」

言いかけて、キバが口ごもる。

「――いや、頼まれちゃいねーな……ただ、チラシを見て『この狐ちゃん、可愛いー！』なんてはしゃいでやがったから、こっそり贈ったら喜ぶんじゃねーかと……思って……」

言葉尻《ことばじり》に向かうにつれ、キバの目が泳ぎ、声がしぼんでいく。

そんな彼の様子《ようす》を、ナルトは意外そうな表情で見つめていた。

「ンだよ、その顔は！」

「だってそれ、彼女へのサプライズプレゼントってことだろ？　いいじゃねーか！　キバもシノも独《ひと》り身《み》じゃヒナタが心配すっからな」

「も、元八班は関係ねェだろーが！」

「はー。キバに狐好きの彼女がねェ……」

「言っとくけどな！　あいつはいつも猫一筋の硬派な……猫だからどっちかっつーと軟派か……？　とにかく、ブレねー女なんだよ！　今回はちょいとばかし狐に騙されただけだからなッ！」

鼻息を荒《あら》らげるキバだったが、それがなんの言い訳にもなっていないことに気づいたのか、すぐに落ち着きを取りもどした。

「けどまー……ここでかち合っちまったのはタイミングが悪かったな」

「……？　どういう意味だ？」

「クラーマだよ」

キバが肩越しに親指を突き出し、ますだ屋を指す。

「軽く調べただけだが、クラーマの人気は尋常《じんじょう》じゃないらしいぜ。今日の入荷もせいぜい十個か、多くて二十個ってとこじゃねーか」

「な――たったそんだけかよ!?」

ますだ屋の前には、少なく見積もっても百人近く押し寄せている。この中でクラーマを手にできるのは、数人にひとりということか。

「お嬢ちゃんと取り合う気はなかったんだが……ま、ここはひとつ、誰がクラーマを手に入れても恨《うら》みっこなしってことで――」

キバが言い終わらないうちに、ますだ屋のシャッターがゆっくりと上がりはじめた。床との隙間《すきま》から店主のものであろう指が覗き――次の瞬間には全開になった。

開店時間だ。

それと同時に地面が揺れた。ますだ屋に集まった人々が一斉《いっせい》に店に雪崩《なだ》れ込《こ》んでいったのだ。

「あ!?　クソ、出遅れちまった！」

キバが慌《あわ》てて人波をかき分けていく。愛犬二頭を残し、彼の姿はごった返す人の中に消えていった。

二十畳にも満たないますだ屋の店内から怒号《どごう》と罵声《ばせい》が響き、足を踏まれでもしたのか悲鳴まで聞こえてくる。さながら戦場だ。

ナルトはごくりと唾《つば》を飲み込むと、最終確認をするようにヒマワリを見やった。

「どうする。ここで待っとくか？」

ヒマワリもまたナルトを見ていた。品薄と聞いて不安げな表情をしているが、諦《あきら》めてはいないらしく、ふるふると首を振った。

「……うっし！」

ナルトは覚悟を決めると、ヒマワリの手を握《にぎ》り、寝そべっている赤丸をまたいでキバのあとに続いた。

所狭しと並べられた什器《じゅうき》と、入り乱れた客の中を揉まれながら進んでいく。人いきれで満足に呼吸もできず、ちょっとでも油断《ゆだん》すればヒマワリの手を放してしまいそうだった。

「わりぃ、ちょーっと通してくんねーかな！」

人の隙間を肩でえぐるようにして店の奥を目指《めざ》す。こうも混雑していてはどこにクラーマが置いてあるのか知れたものではないが、おそらくレジの前だろうとナルトは見当をつけた。

客の何人かがナルトに気づき「火影様！」「七代目!?」と声があがるが、それに応《こた》えている余裕はなく、会釈代《えしゃくが》わりの手刀《しゅとう》を切るに留《とど》めた。

「通してく――イデッ……あー！　肘《ひじ》がぶつかったぐれーで気にすんな！　……うん？　徹夜で待った？　奇遇だな、オレも徹夜明けだってばよ！」

混雑の不満をナルトにぶつける声もなぜかあったが、それらは適当にあしらいつつ。

どうにかレジの前に辿り着くと、ナルトが予想した通り『親子の日限定！』と書かれたポップとかごが用意されていた。

（あれかっ！）

そこから長細い卵を摑《つか》み取《と》り、手早く会計を済《す》ませる。

人の流れに逆らいつつレジから遠ざかると、店の外にいた赤丸が『おつかれ』とでも言いたげに尻尾《しっぽ》を振った。

ようやく一息つく。それと同時に、勝ち取った喜びが体の中を駆《か》け巡《めぐ》った。

「いぃ……――ぃよっしゃあああァッ！」

ナルトは手にした袋を高々と掲げた。

「いっぱいお客さんいたけど、買えたねっ！」

後ろにくっついていたヒマワリと笑みを交《か》わし合《あ》う。同じように喧騒の渦中《かちゅう》をくぐったせいか、娘の髪はくしゃくしゃになり、額《ひたい》には汗の粒が浮かんでいた。

「チクショー……売り切れてやがった……」

ヒマワリの髪を整《ととの》えてやっていると、ますだ屋からがっくりと肩を落としたキバが出てきた。同じように落胆《らくたん》した客がぞろぞろと続き、あたりに散っていく。

「買えなかったのか？　オレたちより先に店に入ったのに」

「どこに置いてあんのかわかんなかったんだよ。あんなに人間がいたんじゃ鼻も利《き》きやしねェ……ったく」

「いや……そもそもおもちゃを探すのに鼻は使わねーだろ」

そうナルトが呆《あき》れたとき。

「パパ？」

ヒマワリが袖《そで》を引っぱってきた。そわそわした様子で卵が入った袋を見つめている。

ナルトは軽く苦笑しながら、袋をヒマワリに手渡した。

徹夜続きのコンディションで人波に揉まれ、体の節々《ふしぶし》が悲鳴をあげている。けれど、娘の喜ぶ顔が見られるなら安いものだ。

ところが。

「………あ」

紙袋から卵を取り出したヒマワリの表情は、予想していたものと違った。

ヒマワリの手もとを覗き込んだキバが眉《まゆ》をひそめる。「おい、ナルト……」

「うん？」

ナルトもヒマワリの隣に移動すると、手もとに視線を落とし――目を疑った。

「『いちびの！　シュカーク』……？」

その卵に描かれていたのはふさふさの尾を生やした可愛らしい狐ではなく、丸々した尾を生やした、でっぷり肥《こ》えた狸《たぬき》だった。

「クラーマじゃねーのか!?」

「こりゃあ……砂隠《すながく》れの里で作られた類似品《るいじひん》じゃねーか。九尾《きゅうび》じゃなくって一尾《いちび》を育てるっつーおもちゃのはずだぜ」

キバが補足するが、ナルトはその言葉を聞いていなかった。慌てて店内に引き返し、客が減って動きやすくなった通路を駆ける。

レジの前でナルトは愕然《がくぜん》とした。

掲げられたポップは『親子の日限定！　特別セール！』というナルトが目にしたもの。しかしその下に『大人気商品、きゅうびの！　クラーマ！』と書かれたかごと、『ご一緒に狸もいかが？』と書かれたかごが用意されていた。

かごはふたつあったのだ。

あまり人気がないのか、シュカークの卵は山積みのままだった。

塵《ちり》ひとつ残っていないクラーマのかごに目を向けながら、ナルトはレジの店員に訊ねた。

「えっ……と、クラーマって……置いてねーかな……？」

店員は心底気の毒そうな表情で、首を横に振った。

力の抜けた足取りで店を出ると、ヒマワリが泣きじゃくっていた。

小さな肩が跳ねるように震え、二頭の忍犬が心配そうにヒマワリの周《まわ》りをうろついている。

「――だからな、あーいうおもちゃはブームが過ぎりゃーけっこー簡単に買えるもんなんだって！」

おろおろと娘をなだめているのは、他ならぬキバだ。

「お嬢ちゃんの誕生日は……まだ先か？　その頃にはよ、こんなの笑い話にもなんねーぐらいあっさり手に入るってもんよ。ああもう、絶対にだ！」

「……キバ」

「それに、オヤジさんは火影だろ？　火影っつーのはだな、このオレでさえなれなかったすっげー存在なんだぜ。そんなオヤジさんが声をかけりゃー、どんなおもちゃだろうと楽々――」

「キバ。もういいってばよ」

「いいっつっても……お前……」

泣きじゃくるヒマワリとナルトの間で、キバの視線が往復する。意味するところは明白だった。この子はどーすんだよ。

「……ヒマワリ」

ナルトは娘の名前をつぶやきながら、震える肩に触れた。

「ごめんな。父ちゃんがしっかり確認しとけば良かったんだけどよ。つい焦《あせ》っちまった」

「…………っ」

涙を拭《ぬぐ》い続けるヒマワリの手をそっと止めると、泣《な》き腫《は》らして真《ま》っ赤《か》になった目が露《あら》わになった。ナルトは視線を逸《そ》らすことなく、その目を見据《みす》えた。

「手に入れるぞ」

「……えっ？」

「クラーマだよ。また今度なんて絶対言わねェ。必ず今日、手に入れるってばよ」

ヒマワリはしばらくうつむいていたが、やがて「うん」と頷くと目元をこすり、はにかんだ笑みを見せてくれた。十分だとナルトは思った。泣き顔以外ならなんだっていい。

「どうする気だ？　まさか、マジで火影の権限でも行使しようってか？」

キバの問いかけをナルトは笑い飛ばした。

「ねーよ、そんな都合《つごう》のいい権利なんて。親子の日にセールがはじまったってことは、きっと今日のために増産したんだろ。影分身を使って他の店を一軒ずつ回ってみるってばよ」

「影分身、な」

ひくりと、キバが鼻をひくつかせる。

「任務明けみてーにへとへとなニオイさせやがって……そんなんでできんのか?」

「ただの睡眠不足だってばよ……多重影分身の術!」

ナルトが印《いん》を結ぶと同時に、周囲で白煙が立《た》ち上《のぼ》る。その数は——二。

「…………」

いつもの数百分の一だ。

ナルトは指を交差させたまま固まり、冷《ひ》や汗《あせ》を垂《た》らした。

「たった二体じゃねーか。〝多重〟が聞いて呆れるぜ……っと」

キバが影分身たちの額を指でぴんと弾《はじ》く。破裂音を残し、影分身は霧散《むさん》していった。

「あっ!?」

「バーカ、影分身じゃ役に立たねーよ。今日は祭りみたいなもんだってのに、人混みに潰《つぶ》されて消えるのがオチだぜ」

代わりに……とキバが言葉を続ける。

「オレが手ェ貸してやる。店の中じゃ鼻も利かなかったが、クラーマのニオイなら見当がついてるからな。インクに使われた赤土とタンポポのニオイを辿ればどうにかなるだろ」

突然の申し出に当惑《とうわく》していると、キバは「勘違《かんちが》いすんじゃねーぞ」と語気を強めた。

「てめーの株が下がろうが知ったこっちゃねーが、お嬢ちゃんにああも泣かれちゃ寝覚めが悪いんだよ。さっきは誰がクラーマを手に入れても恨みっこなしなんて言ったが……なんだ……いざ泣かれちまうと、ちょっとな」

ばつが悪そうに、キバが頬を掻く。

「いいか？　オレは新市街のほうを探す。てめーは旧市街だ。そっちが先にクラーマを見つけた場合は、仙人《せんにん》モードでオレの居場所を……あー、その体調じゃ無理か……まあ、頃合いを見てオレのほうから合流する。あんまニオイのキツい場所には行くなよ」

「……ああ」

「うし。行くぞおめーら！」

赤丸と朱丸を引き連れて、キバが火影岩のほうに向かっていく。

彼の背中が雑踏《ざっとう》に消えるまで見送ったあと、ナルトは腰を屈《かが》め、ヒマワリに背中を向けた。

「よっしゃ。オレたちも行くか」

「……うんっ！」

ヒマワリが元気よく背中にしがみついてくる。

キバが言っていた通りだ。子供の成長は親が思っているよりもずっと早い。前におんぶしたときはもっと軽かったはずだ。

いつも一緒にいれば気づかないもの。

キバはそうも言っていたが、果たして自分はその範疇《はんちゅう》に含まれているのだろうか。一緒に過ごす時間なんて、ここ最近まったく取れていない。

……いや。

過去を振り返るよりも、今はヒマワリのためにできることをしなくては。

その決意を胸に、ナルトは走りはじめた。

◎ ◎ ◎ ◎ ◎

「『きゅうびの！　クラーマ』って置いてねーかな!?」

まず目についた二十四時間営業のよろず屋に飛び込むなり、開口一番、ナルトはそう叫んだ。七代目火影の突然の来店に、店員がぽかんと口を開ける。

「あっ。パパ、あそこ！　たくさん置いてるよ！」

「ほんとか!?」

ヒマワリに促《うなが》され、レジの前にある棚《たな》に目をやる。たしかに似たような卵がずらりと陳《ちん》列《れつ》されているが――

「……全部シュカークだな」

「……だね」

見渡す限り、どいつもこいつも狸だった。こうも売れ残っていると逆に気の毒になってくる。というより、なぜ砂隠れの里の商品がこんなにも木ノ葉隠れの里で流通しているのか。向こうでまったく売れずに流れてきたのでは、と勘繰《かんぐ》りたくなる。

「いくつか買って我愛羅《ガアラ》に送ってみんのもおもしれーかも……」

「我愛羅？」

「砂隠れにいる友達でな。子供の頃はいっつも守鶴《しゅかく》――シュカークと一緒にいてよ。シュカークと離れ離れになったときは、そりゃもー大変だったんだ……」

「狸さんがいなくなって寂《さび》しかったのかな？　よっぽど好きなんだね」

「ちげェねえ。よし、次だ！」

来店したときの勢いそのままに、ナルトはよろず屋から飛び出していった。

◎◎◎◎◎

「クラーマって……最近流行《はや》りの？　置いてないっていうか……逆に聞くわね。置いてあると思う？　うち、ご覧《らん》の通り花屋なんだけど」

道すがらダメ元で入ってみたのは、忍者学校《アカデミー》時代の同期のひとり、山中《やまなか》いのが営《いとな》む『やまなか花《はな》』だった。色取り取りの花が出迎えてくれたものの、おもちゃの類《たぐい》は一切《いっさい》ない。

「そりゃそーだよな……サイのやつはどーしてんだってばよ？」

「いのじんと出かけてる。用があるなら伝えとくわよ」

「いや、そーいうンじゃねーんだ。仕事中に邪魔《じゃま》したな」

「別にいいけど……ああ、ナルト！　待って待って」

ナルトを呼び止め、いのは商品の花から一輪抜き取ると、

「これ、ヒマワリちゃんに」

ヒマワリに手渡してきた。満開の向日葵《ひまわり》だ。

「わあっ……ありがとう、おねーさん！」

キバには人見知りを発揮していたヒマワリも、自分と同じ名前の花をもらったことで気

を許したのか、華《はな》やいだ表情で応じていた。

「やーん、おねーさんだなんて♡　もう一本オマケしちゃおうかしら！」

本当にもう一本向日葵が追加された。

ヒマワリはよほど嬉しかったらしく、店先で見送ってくれたいのに、いつまでも手を振り返していた。

「……せっかくもらったけどよ、それ持ったままじゃ父ちゃんに摑まれねーだろ。いったん家に置きに帰ったほうがよくねェか？」

「ええー……やだっ！　持ってる！　ここに挿《さ》しとけば邪魔にならないもん」

ヒマワリが選んだ『ここ』とは、ナルトのシャツの襟《えり》だった。ずぼっ、ずぼっ――と、背中に茎《くき》の感触が伝わってくる。

「そこかー」

隣にあったショーウインドーに目を向けると、頭から触角《しょっかく》のように向日葵を生やした自分の姿が映っていた。かなりご機嫌《きげん》なファッションだ。

「似合ってっかな？」

首を捻《ひね》ってヒマワリに訊ねると「ばっちり」と笑みを返された。

「へへへへ」と、ナルトも照れ笑いを返した。

◎◎◎◎◎

「最近の童《わらべ》は……ピコピコ、ピコピコと……ピコピコにばかり夢中になって、昔ながらの遊びというものを軽《かろ》んじておる……」

難しげな顔でうなったのは、老舗《しにせ》の駄菓子屋《だがしや》を構える老婆だ。ナルトが子供の頃からしわくちゃだったが、今も変わらずしわにまみれていた。

駄菓子に夢中になり、口の周りをきな粉《こ》だらけにしたヒマワリが首を傾《かし》げる。

「ピコピコってなーに？」

「ボルトが飯のときに遊んでるだろ。ピコピコって。あれのことだってばよ」

「それはピコピコではない。おもちゃ界の次代を担《にな》う希望の星、いかずちすくろぉるじゃ」

「違うのかよ……んじゃ、なんなんだ？　ピコピコって」

「ピコピコはピコピコじゃ、たわけ。肩書きばかり偉《えら》くなりおって、ピコピコといかずちスクロールの区別もつかんとは……嘆《なげ》かわしい……」

老婆はぶつくさと文句を言いながら、棚から包みを取り出した。

「さァて……クラーマとやらを探しているんだったな」

「あんのか!?」

「いんや。生憎《あいにく》とここにはない。ないが……もっと良いモノがある」

そうもったいぶって、老婆が包みの中身を差し出してくる。

「折り紙じゃ」

「……………」

「なんじゃい、その顔は。ピコピコなんかよりもずぅ～っと面白《おもしろ》いぞぉ……」

「ヒマワリー。ちょーっと口んとこキレーにしようなー」

「んー」

「ああっ、よせい！　やめんか！　童の口を拭《ふ》くのに使うでない！　ナプキンではないのじゃぞ！　いいから折れい！　疾《と》く折れい！」

「オレたち急いでんだけどなー……まあ、いいけどよ」

老婆に教わりながら折り紙を折ると、久しぶりにやってみたせいだろうか。そこそこ楽しむことができた。

ヒマワリは銀紙で作った手裏剣が気に入ったようで、麻紐《あさひも》を通してもらい、首からぶら下げていた。

結局、ピコピコがなんなのかはわからなかった。

◎◎◎◎◎

忍具屋《にんぐや》『忍具転転転《にんぐてんてんてん》』の奥に、ナルトは半眼を向けた。店主のテンテンが椅子《いす》ごと仰《の》け反《ぞ》り、両手をブランコのようにゆらゆら揺らして――とてつもなくだらけていたのだ。

「なーんも売れなーい。親子の日だっていうから、せっかく親子っぽいクナイ入荷したのにー。なーにひとつ売れなーい」

「なんだってばよ。親子っぽいクナイって」

「んっ」

テンテンは仰け反った姿勢のまま、ぞんざいにショーケースを指差した。

そこに仕舞《しま》われていたのは、柄《つか》の両端に異なる刃がついた、特殊な形状のクナイだった。一方の刃はすらりとして長く、もう一方の刃はつけペンのような丸みを帯びており、短いながらも先端が鋭く輝いている――が。

「……親子には見えねーけど？」

「長いほうの刃が親で、短いほうの刃が子。ほら、親子っぽくない？」

「こじつけじゃねーか……それよりよ、『きゅうびの！　クラーマ』っておもちゃ置いてねーかな？」

　ぴたりと、テンテンの揺れが止まる。彼女はどんよりした視線をナルトに注《そそ》いできた。

「その問い合わせ、今日でもう四件目なんだけど。これってあれかな？　時代後《おく》れの忍具屋なんてとっととと店仕舞いして、おもちゃ屋になれってことかな？　やっぱ七代目もそう思う？　思うから聞いたのよね？　あの店流行ってないからなァ、副業でおもちゃにも手ェ出してそうだなァ……って、そう言いたいわけ!?」

「思ってねーし言ってもねーってばよ……」

「たしかにね、うちは全っっっ然流行ってない。近所の子供たちからは『あの店に置いてるでっけェ瓢簞《ひょうたん》、中から人の声が聞こえるらしいぜ！』なんて肝試《きもだめ》しスポットに認定されるし、鉄器の在庫を抱《かか》えすぎて『このあたりだけ磁場が狂う』なんてクレームまで入るし。せめて警務部《けいむぶ》とか忍者学校《アカデミー》に装備を卸《おろ》す権利さえあればこうもぐーたれずに済んだのに、それも余所《よそ》に持ってかれちゃうしぃぃ……」

「パパ、なんでこのおねーさん泣いてるの？」

「んー……平和になったから、かな」

「いいことだよね？」

「そだな」

ナルトは目についたイヤリングを買うことにした。クリップの先で、指先にちょこんと乗るサイズのミニクナイが揺れていた。

会計時に「ご一緒にこちらの商品もいかがでしょう?」と、立ち直ったテンテンが営業スマイルでもって、親子っぽいクナイを勧《すす》めてくる。切り替えの早さとたくましい商魂に、ナルトはつい吹き出してしまった。

◎◎◎◎◎

旧市街をヒマワリと共に駆け回り、ありとあらゆる店舗を回ったが、クラーマの卵は見つからなかった。既に日も暮れようとしている。

ナルトは歯噛《はが》みした。本物の九喇嘛なら自分の中にいるのに。

こうなれば、あとの頼みは新市街に向かったキバだけだが……

「おー──いッ! ナルトォォ──ッ!」

頭上からキバの声がした。見上げると、すぐそばにある定食屋の屋根に彼の姿があった。

「見つけたぜ! 今度こそ本物のクラーマだ!」

「マッ──マジかよ!!」

キバは看板を蹴《け》って地上に降りると、ヒマワリに向けてグッと親指を立ててみせた。

「どの店も売り切れてたが、雷車の駅にある売店にひとつだけ残ってたんだ。他里に向かう長距離線乗り場の土産屋にな。木ノ葉と違って、他里の連中は興味が薄いんだろ」

「でも……いいのか？　狐好きの彼女にプレゼントしてーんだろ？」

「狐好きじゃねー。猫好きだ。そもそも買ってやるとは伝えてねーし、プラスにゃなんなくてもマイナスにもなんねーっての」

「そっか……やったな！　ヒマワリ！」

「うんっ！　ありがとう！　……えっと、犬のおじちゃん」

おじちゃん呼ばわりも気にせず、キバは白い歯を覗かせた。

「へっ、いーってことよ。赤丸に持たせてっから、じき到着するはずだぜ――おっ、噂《うわさ》をすればだ」

キバが顔を向けた先。人混みの中から赤丸と朱丸が連れ立って現れた。

咥《くわ》えていた紙袋を受け取ると、キバは愛犬たちの頭をわしゃわしゃと撫でた。

「ほらよ。こいつがお待ちかねの――」キバが紙袋に手を突っ込み、「――雷《かみなり》バーガーだ。普段はジャンクフードなんて食わせねぇんだが、ここのバーガーは無添加《むてんか》が売りでな。うちの犬たちも目がなくって――っておい！　こいつァ雷バーガーの袋じゃねーか！　クラーマはどうしたんだよ⁉　チッ！　差額の小銭まで入ってやがる！」

「なあ、キバ……あれって……」

焦燥《しょうそう》を込めてナルトはつぶやいた。

赤丸たちが出てきた人混みの奥。そこに、慌ててこの場から立ち去ろうとするフード姿の男がいた。その手には、雷車のシンボルマークが刷《す》られた紙袋が。

「おい、まさか……嘘《うそ》だろ？　すり替《か》えられたってのかッ⁉　赤丸が⁉　クソッ、朝からなんも食わせてなかったから――」

「キバ！」

キバの泣《な》き言《ごと》を途中で遮《さえぎ》ると、ナルトはおぶっていたヒマワリと、持っていた荷物のすべてを彼に託《たく》し、

「ヒマワリを頼む！」

「頼むって――おい！」

ナルトは男を追って駆け出した。男も気づいたらしく、にわかに足取りが速くなる。人混みを避ける身のこなしに、あの足捌《あしさば》き。いくら空腹だったとはいえ、赤丸を欺《あざむ》いた点から見ても間違いない。あいつも忍だ。

「この……ッ、待ちやがれ！」

木ノ葉の忍でナルトが知らぬ者はいない。男も承知なのだろう。なにがあろうと顔だけは見られまいと、フードを深くかぶり直し、とうとう通行人にぶつかるのも構わず走りはじめた。

「クッ――」

そんな乱暴な真似《まね》ができるはずもなく、ナルトは転んだ通行人たちを助け起こしながら追跡を続けた。徐々に男との距離が開いていく。

（今日一日……）

自分はヒマワリのためになにもしてやれていない。

ただいたずらに期待させ、悲しませただけだ。

男が持ち去ったクラーマにしても、キバが手に入れたもの。だから、あれだけはなんとしても、自分の手で取り返さねば。

しかし、連日の徹夜に加えて木ノ葉を駆け回ったことにより、既に体力もチャクラも底をついていた。瞬身《しゅんしん》の術を使ったところで今朝《けさ》の多重影分身と同じく、碌《ろく》な結果にならないだろう。取れる手段は限られている。

（あんま里ン中で目立つ恰好《かっこう》には……なりたくねェんだけどな！）

ナルトは己《おのれ》の内側へと意識を向け、九喇嘛に語りかけた。

『九喇嘛！　わりぃけど、ちょっと手ェ貸してくんねーか！　……おい、九喇嘛？』

『……イヤだね』

『な――なんでだよ!?』

『このワシを赤ん坊呼ばわりしやがって……それに、シュカークだァ？　よりによってあのクソ狸とワシを間違えるとはな。呆れて口を利く気にもなりゃしねェ』

『いやいや、利いてるじゃねーか――じゃなくて！　今はマジで困ってんだって！　このままじゃヒマワリが……』

『だからこそだ』

『えっ？』

『ワシに頼らず、ひとりでどうにかしろってことだ。娘のためにお前が気張らねェでどうする、バカが』

『…………』

「へへ……」

意識を現実に戻し、走りながら独りごちる。

「それもそうだな」

先ほど自覚した通りだ。あのクラーマだけは、自分の手で。

あとは気力と根性の勝負だった。ひたすらに走り続け、男の背中を追う。

――どれだけ走っただろうか。

人気《ひとけ》のない路地に差しかかったところで、男の足取りが弱まった。体力が尽きたというより、どこか観念したように――これ以上先に逃げるわけにはいかないとでもいうふうに。

「捕まえ……っ、たァァ！」

ナルトは叫び、男の背中に跳《と》びかかった。路上に押し倒して手早くフードを剝《は》ぎ取《と》る。

予想した通り、男は木ノ葉の下忍《げにん》だった。辺境地の情勢調査を命じていたはずだが。

男は組み敷かれたまま歯を食いしばり、決してナルトと目を合わせようとしなかった。

これまで問題を起こしたことはなかったはず。それがなぜ、窃盗《せっとう》に手を染めたのか。その理由を問いただそうとしたとき。

「お父ちゃん……？」

子供の声がした。路地の奥からひとりの少年がふらふらと出てくる。

「な――どうして出てきたんだ！　いいから……いいから奥で待ってなさい！」

男が声を震わせる。彼らの会話と伝わる動揺で、その関係はすぐに理解できた。

取り押さえる必要はなさそうだ。ナルトは男を解放し、

「……どういうことだってばよ？」

そう訊ねた。が。

答えは男からではなく、ナルトの後ろから返ってきた。

「ガキのためにどうにかしてクラーマを手に入れたかった、ってとこじゃねーの。お前と同じくな」

キバだ。いつの間に追いついたのか、傍らには赤丸にまたがったヒマワリの姿もある。

ナルトが真偽《しんぎ》を問うように視線を投げると、男は姿勢を改め、地面に額を擦《こす》りつけた。

「申《もう》し訳《わけ》ございませんッ！　息子の願いを叶《かな》えてやりたい一心で……どこを探しても見つからず、途方に暮れていたところキバさんのお声が耳に入り……つい魔が差して……」

男は嗚咽《おえつ》混じりに告白を続けた。

辺境地の調査に赴《おもむ》くため、里から離れてばかりいること。それにより、父親として息子と接する時間がまったく取れていなかったこと。ようやく訪れた休日。久しぶりに再会した息子がおずおずとねだってきたもの。それが『きゅうびの！　クラーマ』だった。

「…………」

ナルトは黙して男の話を聞いていた。

子供の願いを叶えてやりたい。その気持ちは痛いほどよくわかる。しかし、男は越えてはいけない一線を越えてしまった。窃盗の現行犯として処罰せねばならないのだ。それも、よりによって息子の目の前で。

せめて少年だけでもこの場から遠ざけるべきだろうか。

そう迷っていると——

赤丸の背中から降りたヒマワリがクラーマの入った紙袋を拾い、男に差し出した。

「これ、おじちゃんのでしょ。駄目だよ、落っことしちゃ」

「……えっ？」

男が頭に疑問符を浮かべる。

「ヒマワリ？」

ナルトも同様に。

ナルトを振り返ったヒマワリは、すべてを見透《みす》かしたような、母親譲りの微笑を浮かべた。

「このおじちゃんは、その男の子のために買ったクラーマをお家《うち》に持って帰ろうとしただけ。そうでしょ？　パパ」

娘の意図を、ナルトはすぐに汲《く》むことができた。

「あ——ああ」

できたが……

「けど、いいのか？　ヒマワリだって欲しがってただろ。ずっと」

「いいの。私にはこれがあるし」

そう言って取り出したのは、ナルトが間違えて買ったシュカークだった。

「せっかくパパがくれたんだから。大切にしなくっちゃ」

それに……と、首から下がった銀紙製の手裏剣を、優しく撫でる。

「パパ、いつも忙しそうで全然遊んでくれないけど……今日一日、一緒にいろんなとこに行けてすっごく楽しかったもん。宝物もたくさん増《ふ》えたし、もう持ちきれないよ」

「ヒマ……」

微笑ではなく、年相応のあどけない笑顔をヒマワリが見せる。ナルトも同じように頬を緩めた。

「おいおい。お嬢ちゃんがいらねェってんならオレが……」

キバが手を伸ばそうとするが、赤丸と朱丸に揃って噛みつかれ、「いでえ！」とすぐさま引っ込めた。それにも苦笑を送りつつ。

ナルトは表情を正すと、腰を落とし、依然跪《ひざまず》いたままの男に顔を寄せた。小声で告げる。

「クラーマの件はいいけどよ……里のみんなを突き飛ばしたのは、流石《さすが》に見過ごせねェ」

「……はい」

「本日を以《もっ》てお前の辺境地調査の任を解く」

男の焦点が揺れた。力なくうなだれて、ぎゅっと目を閉じる。

失意に震える男の肩に手を置き、ナルトは続けた。

「明日《あした》からはあうんの門の警備にあたれ。シカマルには言っておく。火影岩の次に木ノ葉の目印になる場所だからよ。しっかり頼むってばよ」

「左遷《させん》……ということでしょうか……ああっ、いえ、失礼いたしました。全身全霊をもって務《つと》めさせていただきたく――」

かしこまった男の言葉を、聞き耳を立てていたキバが鼻で笑った。

「バカ。これからは里を離れんなってこったろ。息子さん、大事にしてやれよ」

「あっ……」

ナルトの想いに気づき、男の目尻にまたも涙が浮かぶ。

「ありがとうございます……っ」

「……さて」

一日中酷使《こくし》し続けたせいで強張《こわば》った関節を押さえながら、ナルトはゆっくりと立ち上がった。

「ンじゃ、帰るとするか」

◎◎◎◎◎

「お兄ちゃ――ん！　ごーはーんー！　パパがハンバーガー買ってきてくれたよー！　もう夜なのにー！　いつまで寝てーんのぉ――ッ！」

階下から兄を呼ぶヒマワリの声。

ボルトの眠たそうな返事に続き、玄関のドアが開く音がした。

「あっ、ママ！　おかえりー……うん。ちゃんと帰ってきてくれたよ……えっ？　この耳のやつ？　へへー。いいでしょ。パパに買ってもらっちゃった。これもそうだよ！　あと、これも、これも……」

どうやらヒナタも帰ってきたらしい。今夜は久しぶりに家族揃って夕食がとれそうだ。

ナルトは居間のソファでうとうとしながら、はしゃぐヒマワリの声に耳を傾けていた。

本来なら寝て過ごすだけだったはずの休日も、振り返ってみれば慌《あわ》ただしく過ぎていった。まったく休めなかったが、それが不満かと問われれば、笑って否定するだろう。

きっとこれが『親子の日』の過ごし方なのだ。


……………


「──帰ってたのかよ」

ハッとして、ナルトは目を開けた。いつの間にか眠っていたらしく、気づかなかったが──隣に、ボルトがいた。随分ふて腐《くさ》れた顔をしている。

その理由に思い当たり、ナルトはソファの上で身じろぎして、ボルトに向き直った。

「昨日は……悪かったな」

頭の後ろで手を組んだボルトが、不満そうに鼻を鳴らす。

「別にいいってばさ、そんなの」

「…………？」

どうやら帰ってやれなかったことに対して怒っているわけではないようだ。とすると、一日中寝ていたせいで不機嫌になっているだけだろうか。それとも。

もしかして、と──ナルトは玄関のほうに意識を向けた。今日手に入れたあれやこれやをヒナタに披露するヒマワリの声が、まだ続いている。

「ボルトも、父ちゃんと一緒にどこか行きたかったのか？」

「なっ……!?」

心外だとばかり、ボルトがそっぽを向く。

「んなわけねぇってばさ！　オレは、ただ……土産のハンバーガーがちっちぇーから文句を言いたかっただけで……」

「袋、まだ空《あ》いてねェぞ？」

机の上にある雷バーガーの袋を指すと、ボルトもそちらを見やり、固まった。

「…………」

次の言い訳を探しているのか、金魚のように口をパクパクさせている。と。

頭に隠れて見えていなかったが、ボルトがなにか手にしていることに、ナルトは気づいた。チラシだ。今朝のヒマワリと同じように、手の中でくしゃくしゃになっている。

覗き見える店の名前は――『忍具転転転』――

悟《さと》られないよう苦笑しながら、ナルトは懐《ふところ》に手を入れた。

「本当はゲームとかのほうがいいんだろうけど……雷《いかずち》スクロール、だっけか？　オレにはよくわかんねーし……」

長細い包みを取り出し、ボルトに差し出す。

「……？　なんだよ、これ」

「お土産だってばよ。ハンバーガーだけじゃ物足《ものた》りねーみたいだしな」

「はぁ？」

首を傾げながら、ボルトが包みを解くと——

柄の両端に刃がついたクナイが、真新しい輝きを放っていた。

「これって……」

ボルトの顔がほころぶが、すぐに唇《くちびる》を尖《とが》らせ、拗《す》ねた態度に戻ってしまった。クナイの包装をくしゃりとまとめ、ぷいっと踵《きびす》を返す。

けれど、去《さ》り際《ぎわ》に小さく「……サンキュー」とつぶやくのが聞こえた。

「おう」

こちらの返事もまた小さく。

素直《すなお》じゃない息子に再び苦笑を送ってから、ナルトはソファに深く腰かけ直した。

い、い、い、
もうひとり、ナルトには話しておかねばならない相手がいたのだ。


『なあ？　お～い？　そろそろ機嫌直せって。守鶴を選んだのはちょっとした間違いだってばよ。いつまでもヘソ曲げることねェだろ？　オレは断然狸より狐派なんだけどなぁ。ラーメンのトッピングだって油揚《あぶらあ》げ入れてっだろ？　だから……聞いてるか？　なあ。なあってば。九喇嘛？クラーマ～？』

幕間一　シノせんせいと！　ごはん！

『親子の日』なるものがナルトによって制定され、木ノ葉隠《こはがく》れの里はさながら祭りのような雰囲気に包まれていた。

あちこちで笑い声や歓声《かんせい》が響《ひび》き、笛や太鼓の音に加えて、建ち並ぶ屋台がジュワァァ……と揚《あ》げ物《もの》の音を奏《かな》でていた。どこかで大道芸人が凄技《すごわざ》を披露《ひろう》したのか、拍手《はくしゅ》が起こっている。里のみんなが浮かれていた。

そう。〝みんな〟だ。この男も例外ではない。

(親子の日……か)

忍者学校《アカデミー》教師、油女《あぶらめ》シノ。

感情が乏《とぼ》しい顔に金属製のゴーグルを着けているせいで、いっそう表情がわからなくなっている。けれど、その口元にははっきりと笑《え》みが浮かんでいた。

(耳にしたときは、独《ひと》り身《み》軽視の風潮に異議を唱《とな》えるべきか迷ったが……悪くない。なぜなら、独り身のオレでも楽しめているからだ)

シノは屋台が並ぶ通りに立っていた。右手にはイカ焼きと串焼《くしや》きソーセージとチョコバナナ。左手にはバケツサイズのポップコーンを抱《かか》えている。別に腹ぺこだったわけではなく、雰囲気に流されて買ってしまっただけだ。

「次、映画見たーい！　映画！」

聞き覚えのある声に振り向くと、忍者学校《アカデミー》の生徒がいた。両親も一緒だ。

こちらには気づかず、映画館がある方向に歩いていったが——とても楽しそうだった。

「………」

その光景に一抹《いちまつ》の寂《さび》しさを覚えないでもなかったが、そんな気持ちはすぐに消えていった。たしかに自分は独り身だが、愛すべき家族ならちゃんといる。忍者学校《アカデミー》の生徒すべてが家族のようなもの、などとセンチになるつもりはない。

家族がいるのは、懐《ふところ》の中だ。

まるでその思いに応《こた》えるように、胸の奥で蟲《むし》たちがざわついた。シノが生を受けると同時に体内に巣くった蟲たちは、健《すこ》やかなときも病《や》んだときも、喜んだときも悲しんだときも、とにかく四六時中一緒に過ごしてきた、謂《い》わば家族以上の絆《きずな》で結ばれた仲間だ。

「む……もうそんな時間か」

独りごちる。食べ歩きを続けていたせいですっかり時間の感覚が鈍《にぶ》くなっていたが、いつの間にか昼食の時間になっていた。

シノは右手に持っていた三本の串の置き場を探して——見当たらず、すべてポップコーンの山に突っ込むと——自由になった手で懐を探った。

そこから取り出したのは。

ふさふさの尾を九本生《は》やした、愛くるしい狐《きつね》のぬいぐるみだった。

「待たせてすまなかった」

ポップコーンもまた足下《あしもと》に置き、兵糧丸《ひょうろうがん》のようなものを左手に取る。狐のぬいぐるみはそれをさも本物のエサのように咥《くわ》え、飲み込んでいった。

「オイシー！　オイシー！」

「ふふ、そうか」

「モットチョーダイ！　モット！」

「慌《あわ》てなくても誰も取りはしない。なぜなら、お前こそオレの愛すべき家族だからだ」

生徒たちが興味を示したものはなるべく知っておくことにしよう。そんな思いから購入《こうにゅう》した『きゅうびの！　クラーマ』だったが、思いの外《ほか》ハマってしまい、今や家族と呼ぶのもはばからないほど、シノは溺愛《できあい》していた。

「ナルトの九喇嘛《クラマ》よりもオレの『クラーマ』のほうが賢《かしこ》く、そして可愛《かわい》い……ふふ……ふふふ」

親バカになり微笑《ほほえ》むシノだったが、胸の奥では未《いま》だ蟲たちがざわついており――

一向《いっこう》に昼食用のチャクラを供給しない宿主《しゅくしゅ》に痺《しび》れを切らし、蟲たちが勝手にチャクラをもりもり喰《く》らいだしてシノが卒倒《そっとう》する羽目《はめ》になるのは、それから二分後のことだった。

「第二章」

NARUTO SHINDEN

父と娘、幸せのカタチ

『親子の日』を翌日に控《ひか》え、誰しも浮き立つ木《こ》ノ葉《は》隠《がく》れの里。その片隅《かたすみ》で。

うずまきヒナタは、生家である日向宗家《ひゅうがそうけ》の門を慌《あわ》ただしくぐっていた。

玄関で脱ぎ散らかしたサンダルを揃《そろ》えるのも忘れ、板張りの廊下を一目散に駆ける。

広大な敷地を誇る屋敷の中を迷わず進み、いくつか角を曲がったところで。

「ハナビっ!?」

ヒナタは妹の姿を認め、その名を叫んだ。

「……姉さま」

ハナビは閉じた障子《しょうじ》の前でへたり込み、着物の袖《そで》で口元を覆《おお》っていた。まるで泣き腫《は》らした顔を隠すように――

今朝《けさ》のことだ。

父、日向ヒアシが倒れたと、使いの者から連絡があったのは。

すぐにでも駆けつけたかったが、娘のヒマワリも連れていこうとして、言葉に詰《つ》まった。

まだ幼い娘に「おじい様とお別れすることになるかもしれない」などと、いったいどう伝えればいいのか。

結局踏ん切りがつかず、ヒナタは詳細《しょうさい》を伏《ふ》してひとりで家を出たのだった。

焦燥《しょうそう》に駆られながら、どうにか宗家に到着したものの、泣《な》き崩《くず》れているハナビを目にした瞬間、氷柱《つらら》でも突っ込まれたように胸の奥が冷たくなった。

「お……」

声を震わせてヒナタは訊《たず》ねた。

「お父様の……容態は？」

ハナビが横目で襖《ふすま》を――父の寝室を見やる。が、すぐにうつむいて視線を逸《そ》らした。

「ダメ。ずっとうなされてて、体が言うことを聞かないみたい……」

「そんな……」

ヒナタは慄然《りつぜん》とした。

質実剛健を絵に描いたような父は、昔から厳しかった。

娘たちに対しても、同門の者たちに対しても。そして、自分自身に対しても。

日向の名を守るため、いくら体調を崩そうとも『肉体の鍛練《たんれん》が足《た》りぬ証拠《しょうこ》』と、ひたすらに錬磨《れんま》を続ける。床《とこ》に伏すのはおろか、地に膝《ひざ》をつく姿すら余人《よじん》には見せたことがないというのに。

そんな父がまさか、病《やまい》に倒れるなんて……

「……ところで」

ヒナタの後ろを気にするように、ハナビがきょろきょろと視線を這《は》わせる。

「ボルトは？　一緒じゃないの？」

「夜まで任務で出かけてて……ねえ、お医者様は？　お医者様は、なんて」

「医者？　あぁ、医者ね」

ハナビはしばし目を泳がせ、

「えーっと、湿布《しっぷ》を貼《は》ってしばらく安静に、だって」

「湿布……？　熱でうなされてるんじゃ……？」

「そんなことより、ヒマワリは？」

ハナビの態度に引っかかるものを感じたが、矢継《やつ》ぎ早《ばや》に質問され、ヒナタはもごもごと口ごもった。

「お父様のこと、どう言えばいいのかわからなくて……家で留守番《るすばん》してもらってるけど……」

「え。てことは、姉さまひとりで帰ってきたってこと？　なにそれー」

どてんと背中から倒れ、ハナビが大の字に転がる。『なにそれ』はこっちのセリフだった。

「ちょっと……ハナビ？　もしかして……」

かすかに、ビキキッ――とクルミを砕くような音。

ヒナタの両目の周《まわ》りに血管が浮かび上がり、白い瞳《ひとみ》の奥に新《あら》たな虹彩《こうさい》が生まれた。そこから、より純度の高い白光が放たれる。

日向一族に伝わる血継限界《けっけいげんかい》。白眼《びゃくがん》だ。

白眼はあらゆるものを見通す。人体を巡《めぐ》るチャクラの流れや、その性質。ほぼ全方位を視野に収《おさ》めるのみならず、数百メートル先に潜《ひそ》む伏兵《ふくへい》さえも看破《かんぱ》する。そしてもちろん、ものを透《す》かして見ることも。

薄紙が張られただけの障子など、白眼の力をもってすればないに等《ひと》しい。

ヒナタは父の寝室に目を向けた。

障子を透かし、畳《たたみ》敷きの部屋を覗《のぞ》く。中央に敷かれた布団《ふとん》に父の姿があった。

父に白眼を向けることに後ろめたさを覚えつつも、ヒナタはその体内を凝視《ぎょうし》した。

肺や消化器に異常はない。血液の循環《じゅんかん》も滞《とどこお》りなく、深酒を嫌うせいか肝臓も健康そのものだ。ただ、背骨から腰骨にかけての筋肉が少し強張《こわば》っているだけで……

「お父様の容態って……」

じとりと、ヒナタは白い目でハナビを見やった。

白眼を用いるまでもない。妹は泣いてなどいなかった。

「ただのぎっくり腰じゃないの？」

「そ」

ハナビはそっけなく答えると、廊下で寝転がったままじたばたと手足を動かした。

「あーあー、せっかく可愛《かわい》い甥《おい》っ子《こ》と姪《めい》っ子《こ》に会えると思ったのにィ〜」

「あなたね……ついていい嘘《うそ》と悪い嘘ってものが――」

「父さまが倒れたってのはホントよ。腰の痛みに悶絶《もんぜつ》してずっこけちゃったわけ」

それはそれで見たことのない父の姿だった。

とはいえ、命に別状がないと聞き、ヒナタは胸の奥に凝《こ》っていた黒々としたものが解けていくのを感じた。

深々と息を吐きながら、その場にへたりと腰を落とす。

「ついでに言うと」

上半身を起こしたハナビが、父の寝室を指差した。

「ボルトたちに会いたがってたのは、むしろ父さまのほうだけどね。『こんな体《てい》たらくでは孫たちに合わせる顔がないな』なんて言ってたくせに、『いざ会ったとして、孫たちは悲しんだりせんだろうか？』だとか『もし泣かれたらどう慰《なぐさ》めればいい？』だなんて、うなされたみたいにぼそぼそと遠回しに聞いてくれちゃって。素直《すなお》に見舞いに来るよう伝えてほしいって言えばいいのに」

昔から父は厳しかった。娘にも、自分にも。

だが、例外もある。というより、例外ができた。それが孫であるボルトとヒマワリだ。厳格な当主の姿はどこへやら。父はボルトたちと顔を合わせるたび、信じられない溺愛《できあい》ぶりを発揮していた。猫撫《ねこな》で声《ごえ》で名前を呼んで抱きつき、頰《ほお》ずりして頭を撫で回す――まさしく目に入れても痛くないといった様子《ようす》で。

子供の頃、父との関係はあまり良好ではなかった。思い出を振り返ろうにも、浮かんでくるのは血とクナイから漂《ただよ》う鉄錆《てつさび》の臭《にお》いだけ。中忍《ちゅうにん》試験を機に多少は距離を縮めたものの、当時の父からは想像もつかない変わりようだった。

「あの子たちには甘くても……私たちには、甘えられないんじゃないかな」

ヒナタがぽつりとつぶやいたとき。

「……そんなところでこそこそと、いつまで話しておる」

寝室から父の声がした。

ヒナタは思わず居住まいを正したが、ハナビは舌の先を覗かせ、おどけてみせた。

「はいはーい。今行きますよ、っと」

ハナビが障子を開け放つ。布団の上で、父が体を起こしていた。

久しぶりに会う父は年相応に髪が白くなっていたが、鋭い眼光も、その威圧感《いあつかん》も、まったく衰《おとろ》えてはいなかった。これがどうして孫の顔を見た途端《とたん》にああなるのか……

父はハナビと同じように、しきりに後ろを気にして、

「ボルトは？　ヒマワリもおらんのか？」

そわそわと訊ねてきた。

ため息をつき、ヒナタは布団の傍《かたわ》らに腰を下ろした。

「私ひとりです。急いで来ましたから」

「…………そうか」

傍目《はため》にもわかるほどはっきりと、父の肩が落ちる。まるで娘だけでは不服とでも言いたげな態度に、少なからず憤《いきどお》りを覚えたが。

それにしても。

（こうやって近くで見ると……）

胸中で湧《わ》いた思いを言語化する前に、隣に座ったハナビがぼそりと耳打ちしてくる。

「もしかして、父さま老《ふ》けたなーとか思ってない？」

図星を指《さ》されてしまった。返答に困っていると、ハナビはさらに顔を寄せ、

「たぶんそれって、姉さまが原因だと思うんだけど」

「どういう意味？」

「姉さま、ボルトやヒマワリの前だと、父さまのこと『おじい様』って呼ぶようになったでしょ。そのせいで父さまも思い込んだんじゃないの？　そうかー、わしもとうとうジジイになってしまったかー、って。自分のことを『私』じゃなくて『わし』って言いだしたのもその頃からだし」

「そんなこと……」

「ないって言いきれる？」

間近で見つめられ、ヒナタは継《つ》ぐ言葉を失ってしまった。

自分のせいで父が老け込んだ？

そんなこと、考えたこともなかった。

「ふたりとも、そこまでこそこそすることはなかろう」

娘の不安など露知《つゆし》らず、孫がいないショックから立ち直ったヒアシが苦笑を漏《も》らした。

「心配をかけたようで、すまんな。ヒナタ」

「本当に……ただのぎっくり腰なら、先にそう言ってくれればいいのに」

「なに、それはそれで照《て》れ臭《くさ》くてな。自分が老いたと認めるのは、お前が思う以上に困難なことなのだ」

老いた——という言葉に気まずさを感じ、ヒナタは目を逸らした。

視線を落ち着かせる場所を探してハナビのほうを見ると、妹はイタズラに成功した子供のように、にんまりとほくそ笑《え》んでいた。声こそ発していないが、言いたいことはよく伝わった。「ようやく自覚した?」だ。反論したかったが、先に口を開いたのは父だった。

「時に、ナルトの様子はどうだ。相《あい》も変わらず多忙だと聞いたが」

「え……ええ。ここ最近は、あまり家にも帰れてなくて……」

「それなら——」

なにか言いかけて、ヒアシは唐突《とうとつ》に言葉を句切った。

そのまま何事もなかったように押し黙り、瞑目《めいもく》して眉間《みけん》のしわを深くする。

「……………?」

ハナビのわかりやすい表情とは異《こと》なり、父がなにを言おうとしたのか、ヒナタにはわからなかった。

やがてヒアシは目を開くと、

「ボルトたちのほうは?」

話題と空気を変えるように、微笑をたたえて喋《しゃべ》りはじめた。

違和感は消えなかったが、蒸《む》し返《かえ》すわけにもいかない。

「ヒマワリは、お父さんが帰ってこなくて寂《さび》しそうだけど……ちゃんとナルトくんの仕事を理解してくれてる。ボルトは……」

下忍《げにん》としての任務に、友だち付き合い。そして父親との不和。報告すべきことが多く、どれから言ったものか迷い、黙ってしまったが、ハナビはその沈黙を別の意味で解釈したようだった。

「そろそろ親離れしそうで、寂しいんじゃない？」

「そんなこと……」

否定しようとして、今度こそ口ごもる。

「え、ウソ。当たっちゃった？」

「別に親離れってわけじゃないのよ？　あの子だってまだまだ手のかかる子供なんだから」

そこだけははっきりと否定して。

「ただ……最近自分のお金で買うようになって、ちょっと心配っていうか……」

「任務の報酬《ほうしゅう》をもらえるようになったんなら、普通そうなるでしょ。いつまでも親にお小《こ》遣《づか》いもらってるなんて恥ずかしいはずだし。で、なにを買いだしたの？　おやつ？　それともゲーム？」

「パンツ」

「パ……」

ハナビが〈パ〉の発音で口を開けたまま硬直するが、すぐに相好《そうごう》を崩《くず》し、大声で笑いはじめた。

「アハハハハハハ！　なにそれ！　姉さまったら、そんなこと心配してんの!?　ボルトが自分でパンツ買いだしたぐらいで!?」

「だってあの子の選ぶ色、なんだかズレてて……蛍光ピンクなのよ？」

「いい趣味してる」

「夜中に部屋を覗くと、ぼぅって光ってるの。お尻《しり》が」

「ホタルみたいね」

笑いすぎて目尻に溜《た》まった涙を拭《ぬぐ》いながら、ハナビが茶化してくる。

ヒナタは困り顔で頬を撫でたが、ふと、その手を止めた。父が懐《ふところ》からメモ帳を取り出し、なにか書き込んでいたのだ。

ヒナタは目を細めた。白眼を使わなくても、内容を読み取るぐらいはできる。

〈ボルトは〉〈蛍光ピンクが〉〈好き〉――父はそう書いていた。

「……お父様」

諌《いさ》めるように咳払《せきばら》いする。孫たちに対する父の愛情表現は、過度の触れ合いだけではない。大量のプレゼントによってその心を摑《つか》もうとするのだ。すぐに釘《くぎ》を刺しておかねば、家の中が蛍光ピンク一色に染まりかねない。

が――少し遅かったようだ。父はハナビに向かって、

「ハナビ。今日《きょう》買ったプレゼントの中に、蛍光ピンクのものはあったか？」

そう訊ねた。「どうだったかなぁ」とぼやきながら、ハナビが寝室の隅に向かっていく。妹が向かう先を確認し、ヒナタはギョッとした。カラフルな包装紙でラッピングされたプレゼントの山が、床《とこ》の間《ま》を埋《う》め尽《つ》くしていたのだ。

まさかという思いで父を見ると。

「ちと張り切りすぎてしまってな。一度に運ぼうとしてこの様《ざま》だ」

父は恥ずかしそうに腰を撫でた。そんな答えが欲しかったわけではないのだが、なにか言うよりも先に、ビキビキ……とハナビが白眼を使う音がした。

「んー……ダメね。どれもこれも黒と灰色ばっか。あと茶色と焦《こ》げ茶色《ちゃいろ》」

「菓子のほうはどうだ？」

「そっちは……黒と抹茶色《まっちゃいろ》。あと茶色と焦げ茶色。父さま、こんなにお煎餅《せんべい》買う必要あった？　濃厚醤油《しょうゆ》味とあっさり醤油味がダブってるけど」

「分けておかねば、ボルトとヒマワリが取り合って喧嘩《けんか》になるかもしれんだろう」

至《いた》って真面目《まじめ》に父が結論付ける。ヒナタは頭が痛くなり、額《ひたい》に手を添《そ》えた。

蛍光ピンクのお菓子なんて気味が悪くて子供たちには与えられないし、そもそも取り合いになるほどお煎餅に食いつくはずもない。父が選ぶプレゼントは、どこかセンスがズレていた。それこそ光るパンツが恰好《かっこう》イイと思っているボルトのように。

「あの子たちは、たぶん……蛍光ピンクのおもちゃもお菓子も、あんまり好きじゃない、かな……」

ついでに、小声で付《つ》け加《くわ》える。

「あと、お煎餅も」

「ほう」

父は腕組みし、難しい顔でうなった。

予想できた質問ではあったが、ヒナタは返答に困った。答えたもので家が埋もれると思うと、なにも言い出せなくなったのだ。かといって嘘をつくわけにもいかない。父は善意でプレゼントを用意しているのだから。無下《むげ》にはしたくなかった。

悩みに悩んだ末、ヒナタの脳裏《のうり》に閃《ひらめ》くものがあった。

「そういえば……ボルトが最近夢中になってるみたいなの。なんて名前だったかしら……激しい忍者？　みたいな名前のカードゲームなんだけど」

正確な商品名が思い出せず、もどかしく感じていると、

「ああ、ゲマキ？」

思いがけず、ハナビが口を挟《はさ》んできた。

聞き慣れない言葉を耳にしたせいか、ヒアシの表情がより苦《にが》み走《ばし》ったものへと変わる。

「ほぉ。かーどげぇむ……それに、げまき、とな」

「正確には『激《げき》・忍絵巻《しのびえまき》』ね。略してゲマキ。著名な忍をモチーフにしたカードゲーム……あー、花札みたいなものよ」

流暢《りゅうちょう》な説明が続く。

呆気《あっけ》に取られ、ヒナタは妹を見つめた。

「随分詳《ずいぶんくわ》しいのね」

「まーね。一応流行《はや》りモノだし。待ってて、部屋に何枚かあったはずだから」

こちらの返事を待たず、ハナビが退室していく。

残されたヒナタは、父が依然《いぜん》として難しい顔をしていることに気づいた。

父もまたこちらの視線に気づいたらしく、「ふむ」と眉間のしわを緩《ゆる》くする。

「ゲマキとやらについて考えていた。著名な忍を題材にしたとハナビが言っていたが、それはいったい、いつの時代の忍を指すのだ？」

「ナルトくんのカードもあるみたいだから、たぶん古今東西《ここんとうざい》の忍が当てはまると思うけど……でも、プレゼントには相応《ふさわ》しくないと思うの。外《はず》れたらがっかりさせることになるだろうし」

『激・忍絵巻』は一パックにつき十枚のカードが封入されており、開けるまで中のカードはわからない仕様《しよう》となっている。そのため目当てのカードを狙《ねら》って購入《こうにゅう》する、ということができないのだ。

つまり『激・忍絵巻』を買うこと自体博打《ばくち》のようなもので、若いうちから博打に手を出すなんてとんでもないと、ヒナタは口を酸《す》っぱくしてボルトに言っていた。にもかかわらず、息子《むすこ》はなかなか聞き入れてくれず、今も毎日のようにハズレカードが部屋に散乱している。

この現状を父に伝えれば、プレゼントとして検討するどころか、孫の将来を慮《おもんぱか》って一緒に説得してくれるはず。そういう打算もあり『激・忍絵巻』の話題を出したのだが。

「それは……悪くないな」

父が頷《うなず》くのを見て、ヒナタは思惑《おもわく》が外れたことを悟《さと》った。慌《あわ》てて身を乗り出し、

「お父様？　私の話ちゃんと聞いてました？　なにが当たるかわからないものを贈っても
し全部外れでもしたら、ボルトはお父様のことを嫌いになるかもしれないのよ？」
半《なか》ば脅《おど》すように捲《まく》し立《た》てる。が、ヒアシは落ち着いた態度を崩さなかった。
「わかっている。なにもゲマキなるものを直接贈るとは言っていないだろう。古今東西の
著名な忍が題材なら、わしもいるはずだからな。ボルトにはそれを贈ろうと思う」
我ながら妙案だとばかり、父は満足げだった。一方、藪蛇《やぶへび》になったことでヒナタは頭を
抱《かか》える羽目《はめ》になったが。
「お待たせ」
ハナビがバインダーを抱えて戻ってきた。『何枚かあったはず』と控え目な物言いをし
ていたわりには随分と厚みがある。そのうえ、オレンジ色のバインダーの表紙には米粒ほ
どの飾り玉がちりばめられ、自分の名前を〈ハ♡ナ♡ビ〉と煌《きら》びやかに飾っていた。
「ハ、ハナビ？」
ヒナタは戸惑《とまど》いを露《あら》わに、妹の名を呼んだ。
「あなた、それ……だいぶ熱を上げているみたいだけど……どういうこと？」
「やー、こういうのって一度集めだしたら止まらなくって」
心から呆《あき》れ果《は》てた眼差《まなざ》しを注《そそ》ぎ、ヒナタは嘆息《たんそく》した。まさか息子だけでなく、父と妹ま

であんな博打まがいのおもちゃに興味を持つなんて。

「どれ。見せてもらおう」

ヒアシがバインダーを開く。一ページにつき九枚、名のある忍たちが顔を揃えていた。初代火影《ほかげ》、千手柱間《せんじゅハシラマ》の箔押《はくお》しされたカードを指差し、ハナビが説明していく。

「この左下に書かれてあるのがレアリティで、〈SSR〉が超激レア……んー、父さまにはなんて説明すればいいかな。花札の役でいう五光《ごこう》ね。で、〈SR〉が激レアの四光《しこう》。〈R〉がレアで三光。他にも〈U〉と〈C〉があるんだけど、ここら辺は一番安い役のタンとかカスってとこかしら」

かつてのチームメイト、油女《あぶらめ》シノの顔を〈C〉に見つけ、ヒナタはいたたまれない気持ちになった。シノくん、カス札なんだ……

「なるほど。役の点数が高いほど珍しく、ボルトも喜ぶというわけだな……して、わしはどこにいる？」

「父さまはぁ……っと、ここね」

ハナビがぺらぺらとページをめくり、ちょうど表紙から三分の一を過ぎたあたりで手を止めた。若かりし日の父の姿がそこにあった――が。

「冗談はよさんか、ハナビ」

カードに描かれた厳《いか》めしい面構《つらがま》えからは想像もつかない朗《ほが》らかな笑みを、父はハナビへと向けた。

「これは〈R〉だ。こんな中途半端《はんぱ》なものではボルトも物足《ものた》りんだろう。やはり贈るなら〈SSR〉のわしでなければな。どこにいる?」

ハナビはふるふると首を横に振った。

「なんだ。持っていないのか?」

ハナビは続けて首を横に振った。

「……………まさか」

ハナビは黙って父を見つめた。父もまたハナビを見つめていた。

「わしは……〈R〉止まりだということか……?」

ハナビはこくこくと頷いた。

「…………な……日向宗家当主のわしが、たかだか……〈R〉だと?　そんな……そんな馬鹿《ばか》なことが……」

一語発するたびに、父の表情から感情らしい感情が抜け落ちていく。

「日向ともあろうものが……」

茫然《ぼうぜん》自失とした体《てい》で、父はそうつぶやいた。

直視するのも忍びなく、ヒナタは目を逸らした。ハナビも同じことを思ったのだろう。逸らした先で目が合った。今回もまた言いたいことはすぐに伝わった。「それで、どっちが慰める？」だ。付け加えるなら「お先にどうぞ」という念も伝わってきたが。

やむなく、ヒナタは曖昧《あいまい》な笑みを浮かべ、

「お、お父様？　そんなに気にしなくても。里の評価じゃなくて、子供向けのおもちゃの評価なんだから」

「そうそう。所詮《しょせん》は製作会社の都合《つごう》だろうし。いちいち真《ま》に受けてたらボルトに笑われちゃうよ？」

姉妹は順番に慰めの言葉をかけたが、ヒアシの目は虚空《こくう》に向けられたままだった。ハナビが視線の先で手を振り、正気を確かめようと試みている。

と。

〈…………い〉

妙な音が聞こえた。虫の羽音《はおと》のような。

ヒナタはその音の発生源が父であることに気づいた。ぼそぼそと、声なき声で囁《ささや》いている。

「――うすればいい？」

「えっ？」

「わしが〈SSR〉になるには……どうすればいい？」

再《ふた》び、ヒナタは決まり悪げにハナビと視線を見合わせた。

慰めは無駄《むだ》に終わり、父は意固地になろうとしている。説得の言葉を探すが、こうなった父にどんな言葉をかければいいのか。なにも思い浮かばなかった。

気が進まない様子で、ハナビがバインダーのページをたぐっていく。

「他の〈SSR〉の人たちを見ると……まあ、凄《すご》い顔触れよね。歴代の影たちに、伝説の三忍《さんにん》。なにを基準に格付けされてるのか知らないけど、この人たちと同等の実績を上げればいいんじゃない？」

「とかく名を上げろ、ということか。よもやこの歳《とし》で功名《こうみょう》を迫《せま》られるとはな」

父が自嘲《じちょう》の笑いを漏らす。

話の行く末を察し、ヒナタは嫌《いや》な重みを感じた。まさか。

「火影屋敷で任務を受けてくる。お前たち、留守は任《まか》せたぞ」

「お父様!?」

「父さまっ!?」

腰を上げたヒアシに続き、娘ふたりも慌てて立ち上がる。

「今からだなんて……無茶はやめてください」

「ホント。医者も安静にするよう言ってたでしょ」

どうにか止めようとするが。

「ハ、この程度の痛み、どうということはない」

聞く耳を持たず、父は寝室を出ていこうとする。強がってはいるが、足運びのぎこちなさをヒナタは見抜いていた。

「お父様にもしものことがあれば、あの子たちだって悲しむのよ？」

「自分の祖父が〈R〉でしかない老いぼれだと知れば、それこそ悲しむだろう。わしはなんとしても〈SSR〉にならねばならんのだ！　可愛い孫を喜ばせるためにも！」

「たかがカードのことぐらいで、そんな……ねえ、もう一度よく考えて――」

「くどいッ！」

これ以上の問答は無用。それを体現するように、ぴしゃりと障子が閉められる。

嘆息するヒナタの後ろで、ハナビが肩をすくめていた。

◎　◎　◎　◎　◎

まさかそのまま父をひとりにするわけにもいかず、ヒナタは妹と連れ立ち、火影屋敷に足を運んでいた。

火影室の扉を前にして、奈良《なら》シカマルが億劫《おっくう》そうに頭を掻《か》く。

「いきなり来て任務をよこせ……なんて言われましてもね。任務の依頼は本来、ここじゃなく入り口のカウンターが担当なんすけど」

対応を急《せ》かすように、ヒアシが一歩間合いを詰めた。

「あそこは低難度の任務しか扱《あつか》っておらんからな。わしが求めているのは高難度任務だ。なんでも構《かま》わん。要人の護衛だろうが物資の運搬《うんぱん》だろうが、選《え》り好《ごの》みするつもりはない」

「なんだってまた急に？　それも日向宗家の当主御自《おんみずか》ら」

「なに、体が鈍《にぶ》らぬよう思い立っただけのこと。詮索《せんさく》は無用だ」

その説明を鵜呑《うの》みにするつもりはないらしく。

「健康のために高難度任務……ね。大層な自信をお持ちで」

シカマルは眼差しに含めた皮肉を弱めなかった。

多忙な彼の手を煩《わずら》わせる事態となり、ヒナタは気が気でなかったが、妹は暢気《のんき》なものだった。にんまりと口角《こうかく》を緩ませながら、耳元で囁いてくる。

「カードのレアリティを上げたいから、って正直に答えないあたり、まだ人目を気にする冷静さは残ってるみたい」

「……そうね。でも、まさかナルトくんから直接任務をもらおうとするなんて……」

木ノ葉隠れの里に依頼されている任務で、最も難しいものをこなす。それが父の狙いだった。

「義理の息子の顔を見に来ただけ……そう言えば通してくれるか？」

「生憎《あいにく》、七代目は手が離せない状況でしてね。だからオレが御大《おんたい》と話してるんすよ」

めんどくせぇことに――シカマルの顔には、はっきりとそう書かれていた。

父に日を改めるよう言おうか迷っていたヒナタだが、シカマルの言葉がひっかかり、声をかけた。

「忙しいの？　ナルトくん」

「うん？　ああ。今日も家に帰れるかどうか――」

言いかけて、シカマルは失言だと気づいたようだった。言葉を半ばで打ち切り、代わりに舌打ちする。

「……いや、忙しいっつっても今日中《きょうじゅう》には片づく案件だ。あいつも明日《あした》の『親子の日』を楽しみにしてたからな。心配しなくても夜には帰れるさ」

言い直されたところで、ヒナタの不安は消えなかった。ナルトが家に帰るのを見越して、ヒマワリを家に置いてきたというのに。

（ナルトくん……ちゃんと帰ってくれるんだよね？）

憂《うれ》う瞳で、閉ざされた火影室の扉を見つめる。

気まずい空気から逃《のが》れるように、シカマルが手もとのクリップボードに目を落とす。

「……で、任務の件っすけど……受けるのは御大おひとりで？　それとも……」

「無論ひとりで」――そう答えようとしたヒアシを押《お》し退《の》け、前に出たハナビが指を三本立てた。

「三人一組《スリーマンセル》で」

「ハナビ？」

彼女の名前を呼ぶ声は、父と姉、ふたりから同時に発された。

ハナビはまず父へと向き直り、

「父さまが休まず稽古《けいこ》を積んでるのは知ってます。この私が一番よく、ね。でも、流石《さすが》に実戦はブランクありすぎ。フォローなしの単独任務は厳しいかな」

「……むう」

稽古相手でもあるハナビからそう言われ、父はぐうの音《ね》も出ないようだった。

続けてハナビが視線を転じてくるが、ヒナタは先んじて反駁《はんばく》した。

「実戦のブランクなら、私もかなり長いと思うの」

「そーね。主婦業一筋《ひとすじ》十ウン年の姉さまには荷が重いかも。でも、父さまひとりで向かうなんてことになったら、姉さまだって心配よね？」

「それは……そうだけど」

本音《ほんね》を言えば、夫の帰宅が危ぶまれた時点で、父には悪いがすぐにでも家に帰りたかった。子供たちのために。

その気持ちを素直に告白しようとしたのだが。


『もしかして、父さま老けたなーとか思ってない？』

『たぶんそれって、姉さまが原因だと思うんだけど』


実家でハナビから言われた言葉が楔《くさび》となり、言葉が喉《のど》でつっかえた。

「ま、親孝行だと思って協力すれば？」

反論する材料が見つからず沈黙を返すと、シカマルはそれを了承のサインと受け取ったようだった。滔々《とうとう》と任務内容が告げられていく。

「白眼の使い手が揃ったとなれば……決まりだな。今朝早く木ノ葉の温泉地を開拓する業者から依頼があったんだが、発破《はっぱ》作業用の爆薬が何者かに盗まれたそうだ。犯人はそのまま温泉地の奥地に逐電《ちくでん》。現場は湯気でまったく視界が利《き》かず追跡は困難。けどま、白眼なら問題ないだろう。現場の地図と詳細はこの紙に――」

◎◎◎◎◎

「来るんじゃなかったぁぁ……」

火影屋敷から半日ほどかけて辿《たど》り着《つ》いた温泉地で。

そう弱音《よわね》を吐いたのは、率先《そっせん》して段取りをつけていたはずのハナビだった。

「なにこのニオイ。卵が腐《くさ》った感じっていうか……ああもう、この着物お気に入りなのに……ニオイが染《し》みついて一張羅《いっちょうら》が台無しよ」

「着替えてくればよかったのに」

後ろを歩く妹をなだめはするが、どれだけ呼吸を浅くしてもつきまとってくる異臭《いしゅう》に、ヒナタも辟易《へきえき》していた。加えて、あたりはまったく人の手が入っていない岩石地帯。蒸気によって足下《あしもと》が濡《ぬ》れ、且《か》つ傾斜もきつい登りのせいで、

「――キャ！」

「あだッ！」

油断《ゆだん》するとすぐに足を取られる。バランスを保《たも》とうと咄嗟《とっさ》に振り上げた手が、ハナビの顔面を強打した。

「ご……ごめんなさい」

「姉さまこそ、なんでサンダルのままなわけ……」

鼻を押さえたハナビが、涙声でうめく。

火影屋敷で説明された通り、ところどころで噴出する間欠泉《かんけつせん》が湯煙を巡《めぐ》らせ、視界は白一色に染まっていた。白眼のおかげでかろうじて進めてはいるが、目の疲労は刻々と溜《た》まっていく。さらに。

「……この先はダメだな。迂回《うかい》する」

先頭を歩く父が進路を変える。

「また？」

咎《とが》めるように、ハナビ。

「父さま、さっきから同じところグルグル回ってない？」

「文句があるなら好きにせい。直進すれば、数秒で逝《い》くことになるぞ」

天然の毒性ガスが漂っているせいで、思うように進むこともできなかった。

　ハナビはムッとしたようだが、父の判断が正しいと理解したのか、それ以上問い返すような真似《まね》はしなかった。代わりに、不満を口にし続けたが。

「ホント、なんだって犯人はこんなところに逃げ込んだのよ。臭いし、蒸《む》し暑《あつ》いし、下手《へた》すれば死んじゃうし。籠城《ろうじょう》するには最悪の環境だと思うけど」

「誰も来ないからこそ、隠れるのにいいと思ったんじゃないの？」

「隠れるだけならそうかもね。でも、そのあとは？」

「あと……？　シカマルくんの話だと、犯人は盗んだ爆薬でテロを行うかも、って」

「そのためにはもう一回里まで下りなきゃでしょ。だったら端《はな》っからこんな辺鄙《へんぴ》な場所に籠《こ》もらずに、里の中でアジトになりそうな廃屋《はいおく》でも探せばいいのに」

　てっきり犯人への愚痴《ぐち》をこぼしているだけかと思ったが、どうも違うらしい。

「爆薬って言っても、発破用の威力なんて高が知れてる。そんなものを抱えるために命を危険に晒《さら》す？　私たちだから進めてるけど、普通、こんな場所歩けないよ？」

「最近は色々な科学忍具《にんぐ》が研究されてるから……煙や毒を探知する道具があるのかも」

「そんなイイの用意できるなら、ショボい爆薬なんて盗まないで、科学力全開のすっごい爆弾使えばよくない？」

　なんか妙なのよね……ハナビがそう結んだとき。

「ふたりとも。お喋りはそこまでにしなさい」

父が前方を見据《みす》えた。事態を察し、ヒナタも白眼を凝らす。

四十メートルほど先、湯煙の中に人影が見えた。数はこちらと同じ三。全員、筒状《つつ》のフィルターが付いた物々しいマスクを装備している。迂回したために、当初の想定よりも接近する結果となってしまったが。

「毒は……ないな。中央の者はわしがやる。ハナビは右、ヒナタは左だ。行くぞ」

手短に指示を伝え、父が煙の向こうへと駆け出していく。

ヒナタは手のひらに汗が滲《にじ》むのを感じた。家でボルトに稽古をつけてはいるが、実戦は久しぶりだ。けれど迷っている暇はない。すぐに父のあとを追わなければ。

ヒアシが目の前に飛び出すや、相手は狼狽《うろた》えた声をあげた。

「——えっ？　なっ、誰だ？」

「問答無用。すべては孫のためだ。覚悟せよ！」

ヒアシは足を前後に開き、上半身を大きく沈めると、

「柔拳法《じゅうけんほう》、八卦六十四掌《はっけろくじゅうよんしょう》！」

指先を束《たば》ねて、相手へと踏み出した。

「八卦二掌！」「がっ⁉」

全身に点在する三百六十一の〝点穴《てんけつ》〟を。

「四掌！」「ぐあ！」

ヒアシは白眼によって見切り。

「八掌！」「ごっ!!」

腰の痛みや。

「十六掌！」「だぁ！」

加齢を感じさせない早業《はやわざ》で。

「三十二掌！」「づぉ!!」

的確に突いていった。

「六十四掌!!」「どぼッ!?」

柔拳の真髄《しんずい》をその身に浴び、為《な》す術《すべ》もなく相手が吹っ飛んでいく。身に着けていたマスクが外れ、綺麗《きれい》な放物線を描いた。

断末魔の叫びすらなく、ピクピクと痙攣《けいれん》する相手を見下ろし、

「見たか。日向は木ノ葉にて最強！　覚えておくがいい」

ヒアシが勝ち名乗りをあげる。

が。

「………？」

突き刺さる視線に気づいたのか、ヒアシは訝《いぶか》るように周囲を見やった。

嘆息するハナビ。そして、吹っ飛んでいった相手に慌てて駆け寄るヒナタ。彼女らが片づけるはずだった相手ふたりはヒアシを睨《にら》み、マスクの奥で凄《すさ》まじい形相《ぎょうそう》を浮かべている。

そのうちのひとりが肩につけている腕章を、ハナビがそっと指差した。

――木ノ葉温泉掘削《くっさく》許可証。

腕章にはそう書かれていた。

点穴は余すことなく見抜けたが、孫を喜ばせようと急《せ》くあまり、ヒアシはもっと大切なものを見落としていたのだ。

◎◎◎◎◎

「あー……やっぱ染みついてるー……」

「ハナビ。動物みたいに着物の匂《にお》いを嗅《か》ぐのはやめて。みっともないから」

夜半過ぎ。岩石地帯を降りたヒナタたちはふもとの温泉街を歩いていた。

道に沿って流れる川からも独特の匂いが立《た》ち上《のぼ》っていたが、先ほどまでの臭気と比《くら》べればなんとも心地良い。まさしく温泉の香りだった。

「そうは言っても、姉さまの服にもべったりよ？　父さまだって――」

言いかけてから、ハナビがあたりを見回す。父がいない。

「父さま？　――あ、いた」

父の姿は遥《はる》か後方にあった。ずうぅぅーんと肩を落とし、とぼとぼとついてきている。

全身からチャクラのように滲み出る哀愁《あいしゅう》。まるでそれが肌《はだ》に届いたとばかり、ハナビの表情が曇《くも》った。

「ま、無理もないか」

ヒアシが殴《なぐ》り倒《たお》したのは、任務の依頼主である掘削業者だった。

そもそも、依頼自体が誤報だったのだ。

元より爆薬は盗まれてなどおらず、ただの数え間違い。奥地に逃げた犯人というのも、源泉に浸《つ》かろうと忍び込んだ観光客を誤認しただけ。

任務の取り消しと謝罪が火影屋敷に送られたものの、時既《すで》に遅く、三人は入れ違いで入山していた。

互いに落ち度があったということで掘削業者たちも看過《かんか》してくれたが、高難度任務をこなすという目的は果たせず、ボルトを喜ばせることもできない。ヒアシは意気消沈の極《きわ》みにいた。

「お粗末といえばお粗末だけど、父さまもまさか確認せずにひとりで突っ走るなんてね。なんのための三人一組《スリーマンセル》なんだか」

「シッ……お父様も気にしてるだろうから、あんまりしつこく言わないの」

「わかってる。けど、聞こえてないでしょ。全然進んでないもの」

たしかに、父の足取りは遅々《ちち》としたものだった。追いつくまでもうしばらく時間が必要だろう。

「これからどうする？　宿でも探す？」

間《ま》を持たすようにハナビが訊ねてくる。

ヒナタは眉尻《まゆじり》を下げた。

「できれば、すぐにでも家に帰りたいんだけど……ナルトくん、きっと遅くなるだろうし、晩ご飯の支度《したく》もまだだから……」

「今から帰るのは絶対に無理だって。休まず歩き続けたって到着するのは明け方になるんだから。ヒマワリたちが心配なのはわかるけどさ」

懸念《けねん》を見透《みす》かしたように、ハナビはふっと笑い、

「もうボルトには連絡しといたから」

「ええ!?」

「ご飯はなんとかするって言ってたし、ゲームし放題だって喜んでたわよ」

「でも……あの子たちだけじゃ……」

「少しは信用してあげたら？　パンツだってひとりで買えるようになったんだし」

「それとこれとは話が違うっていうか……あの子たちの面倒は私が見てあげないと……」

「ああっ、もう！」

苛立《いらだ》った様子で、ハナビの目つきが険《けわ》しくなる。

「ちゃんと現実を見て。今日は帰れない。ボルトとヒマワリは大丈夫。それに、私は、温泉に、入りたいの」

臭いの染みついた着物の袖をはためかせ、ハナビは子供に言葉を教えるように一語ずつ強調してきた。

「父さまの湯治《とうじ》にもなるしね。せっかく温泉地まで来たんだから、たまには姉さまも羽を伸ばさなくちゃ」

「…………」

こちらの返事も待たず、ハナビは勝手に話を進めはじめた。水平にした手を額に当てて周囲の旅館を一瞥《いちべつ》していく。

「んー……あそこなんかどう？　パッと見よさそうだけど」

やがて一軒の旅館に当たりを付け、伺《うかが》いを立ててきた。掲《かか》げられた看板は『鹿《しか》の角《つの》温泉』――その名を目にした瞬間、ヒナタは「あっ」とつぶやいた。

「……？　気に入らない？」

「えっ――ううん。そういうわけじゃなくて……」

「そ。じゃあ、あそこで」

押し切られてしまった。

ハナビは未《いま》だ追いついていない父へと振り返り、叫んだ。

「父さまーっ？　温泉に入れるよー！　はやーく！　お湯が冷《さ》めちゃうー！」

温泉という言葉が効《き》いたのかどうか定《さだ》かではないが。

父の歩《あゆ》みが、ほんのちょっとだけ速くなった。

◎　◎　◎　◎　◎

木塀《きべい》で囲《かこ》まれた広大な露天風呂に、カポーン……と木桶《きおけ》の音が響《ひび》く。

上がり湯を終えた女性が脱衣所に向かうと、時間が遅いせいもあってか、入浴客はヒナ夕とハナビだけになった。

「ふふ、なんだか貸し切りみたい」

頭頂部で髪を結《ゆ》ったハナビが、浴槽《よくそう》の縁《ふち》に背中を預けて大きく伸びをする。ぽきぽきと小気味よい音がした。それがよほど気持ちいいのか、んんん……と声を漏らしている。

「宿泊してる人、あんまりいないのかしら」

ヒナタは湯の中でふくらはぎをさすっていた。歩き詰めたせいか、節々《ふしぶし》に強張るような痛みがあった。

雨避《あめよ》けの屋根から覗く星空を眺《なが》める。家がある方角だ。

「明日に備《そな》えて街の中で宿を取ってるのかもね。親子の日、かぁ……」

ハナビが伸ばしていた手を湯に沈めると、ちゃぽん、と波紋が広がった。

「姉さま、さ。親子の思い出っていうと、どんなの思い出す？」

「え？　……たくさんあるけど。たとえば……ボルトの誕生日とか——」

「違うってば。ボルトとヒマワリとの思い出じゃなくって、父さまとの思い出」

「お父様との？」

「特に子供の頃のやつ。なにかある？」

突然の問いに、ヒナタは湯面へと視線を落とした。

波紋で揺れる自分の顔を見つめるが、答えはひとつしか思い浮かばず、波紋が静まるまで考えても他の答えは出てこなかった。

「……修業、かな」

「やっぱり。私もそう」

ハナビの声には、どこか照れたような響きがあった。

「修業の息抜きに修業するって感じ。あの頃はそれが普通だったから、特になんとも思わなかったけど。どこかに遊びに連れていってくれたこととかないもんね」

「日向と木ノ葉を守るために、お父様も一生懸命だったから……」

「ああ、別に嫌だったわけじゃないの。修業好きだし」

ただ――と間をあけ、ハナビがあとを続ける。

「ボルトたちに甘々な父さまを見てると、もしかしたら父さまこそ無理してたのかな、って」

「……そうね。今のお父様のほうが……なんだか幸せそう」

「言えてる」

くすくすと、ヒナタは妹と微笑を交《か》わした。

やがてどちらともなく表情を戻すと、露天風呂に沈黙が広がった。湿った鼓膜《こまく》に、湯をかき混ぜる音だけが静かに届く。

しばらくそうして湯の温《ぬく》もりを味わっていると。

「……うちでさ」

熟考《じゅくこう》の末に――そんな含みを持って、ハナビが口を開いた。

「火影様の様子を聞いたあと、父さまが『それなら』って言いかけたの、覚えてる？」

すぐに思い当たり、ヒナタは首肯《しゅこう》した。

「ええ。急に黙り込んだから、変だなとは思ったんだけど」

「あのとき、なんて言おうとしたのか……教えてあげようか」

湯をかき分け、ハナビが滑《すべ》るように近づいてくる。

「父さまはね、こう言おうとしたの」

肩が触れるほどの距離になり、妹はこちらの顔を覗き込んできた。

「それなら、火影様が落ち着くまでボルトたちを連れてうちに帰ってきたらどうだ……ってね」

「……えっ？」

子供たちと一緒に、実家に帰る？

予想だにしなかった言葉に、ヒナタは妹の顔を見返し、固まることしかできなかった。

「姉さまひとりでボルトとヒマワリの面倒を見るのは大変だろうし、父さまにしたって可愛い孫たちと暮らせて言うことなし。悪くない話だと思うけど」

「悪くないって……あなたもそうしたほうがいいと思ってるの？」

「それが父さまの幸せに繋《つな》がるなら、私も応援する」

ハナビはそう宣言したきり、口をつぐんだ。じっと返答を待っている。

けれど、そう簡単に結論を出せるはずもなく。

「…………」

なにも答えられずにいると、妹の白い瞳に失望が浮かんだ。

「嫌なの？」

「お父様のためになるなら、私も協力したいけど……」

「今の父さまのほうが昔よりも幸せそう。そう言ったのは姉さまでしょ」

「そうだけど……急に言われても……」

「なにそれ」

再び沈黙が流れる。ハナビの失望は瞳だけでなく、全身に広がっていった。

「……埒《らち》が明かない」

押し殺した声で言い、ハナビが浴槽から上がる。

用意していたタオルを肌に巻くと同時に、ビキビキッ——と聞き慣れた音がした。

「手っ取り早く決めましょ」

白眼を宿した瞳で、ハナビはこちらを見下ろしてきた。

「勝負よ、姉さま。私が勝ったら帰ってきて」

「……なにもこんなところで。冗談はよして」

執《と》り成《な》そうとしたが、ハナビの目を見て冗談ではないとわかった。その想《おも》いがありありと伝わってくる。妹は本気だ。

「なによ。自信ないの？」

「…………」

「まただんまり？　いいから構えて。早く」

ためらいは消えなかったが、ヒナタも湯を出てタオルを巻きつける。

本当にやらなきゃ駄目《だめ》？　視線でそう問いかけるも、妹の意思は固く、揺るがなかった。

やむなく、目に力を込めて白眼を浮かび上がらせる。

ハナビと対峙《たいじ》して。

ヒナタは幼少時代の組み手を思い出していた。日向一門が見守るなか、宗家の中庭で行われた模擬戦《もぎせん》を。あのときは妹に軍配が上がり、それによって父からは忍の才なしと見限られたが――

物思いは長く続かなかった。

開始の合図も掛け声もなく、ハナビが飛びかかってきたのだ。

掌底《しょうてい》が打ち込まれる。それを右腕でいなし、続けて突き入れられた貫手《ぬきて》も左手で逸らす。

体を反転させたハナビが手刀《しゅとう》を放ってくるが、ヒナタは体を沈め、紙一重《かみひとえ》で避《よ》けた。

一手一手に込められたチャクラは、どれも一撃で勝負を決しうるほど強烈なものだった。

ヒナタも貫手を返し、それが躱《かわ》されたと見るや、すぐさま右脚《みぎあし》を薙《な》いだ。

その蹴《け》りを受けきれないとハナビは判断したのか、体を退《ひ》いて回避し、さらに間合いを開こうと後転しはじめた。

その隙《すき》を見逃《みのが》さずにヒナタは踏み込み、掌底を打つが――拳《こぶし》の甲で打ち払われ、重心がズレる。

そこを反撃に転じられた。ハナビの掌底。

「――ッ」

かろうじて避《よ》けるものの、これ以上追撃されれば躱しきれない。

やや大振りに、ヒナタは手のひらを突き出した。顎《あご》を狙った一撃――

ハナビは首の捻《ひね》りだけで避けようとしたようだが、拳圧によって生じた突風になぶられ、結っていた髪が解けた。茶色がかった黒髪がばさりと広がる。

髪が邪魔《じゃま》になるのを嫌ったのか、ハナビは後ろに跳び退《との》き、距離を取った。

どちらも息は上がっていなかったが、ヒナタはもどかしさを感じていた。現役で任務に出ていた頃よりも体が重い。

それを気遣《きづか》って――というわけでもないだろうが、ハナビが口を開く。

「驚いた。初手で決めるつもりだったのに。姉さま、あんまり鈍ってないのね」

「基礎なら……ボルトに家で教えてるから」

「道理で。以前ね、白眼が発現したかどうか確かめるために、ボルトがうちに来たの。そのときに軽く手合わせしたんだけど……悪くない動きだったわよ」

「手合わせって……ボルトと？　なに考えてるの？　あの子はまだ――」

「もう子供じゃない」

きっぱりと、ハナビは断言した。

「下忍として任務を任されてる。体術だって大人《おとな》に引けを取らない。あの子が親離れしないんじゃなくて、姉さまが子離れできてないだけじゃないの？」

「そんなこと……」

「ないって言いきれる？」

宗家での会話をなぞるように、ハナビは言った。あのとき見せたイタズラっ子のような表情は、微塵《みじん》も窺《うかが》えなかったが。

「父さまが『おじい様』になったのと同じ。時間は進んでる。あの子だって成長してる。いい加減認めてあげたら？　それがボルトの幸せだと思うけど」

「…………」

いつまでも、子供は子供のままだと思っていた。

膝を擦《す》り剝《む》いては泣きつき、夜中に怖《こわ》い夢を見ては布団に入ってくる……けれど、ボルトはもう涙を見せなくなった。もう怖い夢にも怯《おび》えなくなった。もう――

（子供じゃない……？）

宗家での父の言葉が脳裏に蘇《よみがえ》る。


『自分が老いたと認めるのは、お前が思う以上に困難なことなのだ』


……その通りだとヒナタは思った。時が流れ、ボルトが離れていく。そのことを認めたくなくて、見ないフリをしていた。いつまでも手のかかる子供なのだと。

「それに……私が幸せになってほしいのは、父さまやボルトだけじゃない」

感傷を断《た》ち切《き》って、再びハナビが距離を詰めてくる。

「………！」

ヒナタも前に出るが、やはり妹のほうが手数が多い。

右手、左手と、立て続けに掌底が繰《く》り出《だ》される。

「姉さまだってそう！」

掌底を躱した体勢から重心を落とし、足払いをかけるが、ハナビは跳躍《ちょうやく》してなんなく避けたうえ、空中から蹴り下ろしてきた。

「私……ッ!?」

両腕を交差させてどうにか足を受け止める。骨まで響く衝撃に、思わず顔が引きつった。

「火影様は約束したはずなのに。結婚式の日に、姉さまを幸せにするって」

ハナビが着地した姿勢から跳《は》ね起《お》き、その勢いを拳に込めてくる。

ぎりぎりのところでいなすが、続《つづ》け様《ざま》に掌底が飛んできた。

「だけど、守れてないじゃない！」

ハナビは叫びながらも猛攻の手を弛《ゆる》めず、後ろ回し蹴りから薙ぐような蹴りへと、目まぐるしい足技《あしわざ》を連発してきた。尻餅《しりもち》をつくような恰好でなんとか避けるが、攻勢をかける隙はなく、ヒナタは後ろに跳び退かざるを得なかった。

「火影の仕事にかまけて、家にも帰らないで」

開いた間合いを迷わず詰め切り、ハナビが掌底の構えを取る。

「家族が消えて空《から》っぽになった家を見れば――」

避けきれない。

ヒナタは覚悟を決めると、自らも掌底の構えを取った。

「少しは家庭を顧《かえり》みる気にもなるでしょ！」

次の瞬間、ヒナタとハナビの掌底が交錯《こうさく》した。

空気をつんざく鋭い音が、閑散《かんさん》とした浴場に響き渡る。

どちらの拳も互いの顔の横を過ぎただけで当たりはしなかったが、腕を交差させた状態から動けずにいた。あまりに間合いが近いため、次の一手が出せずにいるのだ。

「………」

ヒナタはすぐそばにあるハナビの目を見つめていた。

それだけでどんな想いも伝わると思っていたし、実際伝わってきた。だけどまさか、こんなにも複雑な想いを抱えていたなんて。

ハナビの告白を受けて、ヒナタはぼそりとつぶやいた。

「それは……違うよ。ハナビ」

「なにが違うの!?」

ハナビが険しい目つきでヒナタの脇腹《わきばら》を一瞥する。

そこに隙があると判断したのか、ハナビは膠着《こうちゃく》していた腕を振り払い、間髪入《かんはつい》れずに掌底を打ってきた。

しかし、それは敢《あ》えて見せつけた隙だ。

ヒナタは半身を捻り、流れるような動きでそれを躱すと、伸びきったハナビの腕をはたき落とした。

「しまっ――!?」

前につんのめり、がら空《あ》きとなったハナビの背中を見下ろして、ヒナタは一瞬躊躇《ちゆうちよ》したが――すぐに腕を振り下ろした。ポンッと背中を押すように。

「あだッ!」

受け身も取れず、ハナビが顔面から板張りの床に突《つ》っ伏《ぷ》す。

ヒナタは深々と息を吐いた。

妹に向けたため息ではなく、ようやく決着が付いたことへの安堵《あんど》の息を。

「私の勝ち……でいい？」

ハナビは鼻を押さえ、ちら、と顔を半分だけこちらに向けた。白眼を解いてはいるが、

恨《うら》めしそうな目だ。けれど、物言いをつけるような真似はせず、代わりに涙声で、

「なにが違うの」

先ほどの問いをもう一度投げてきた。

しばらく黙ったまま、ヒナタは露天風呂を見回して。

「ここね。この温泉。鹿の角温泉。私にとって、思い出の場所なの」

懐《なつ》かしそうに目を細めた。

「ナルトくんと新婚旅行で来たところ……ふふ。あの頃とちっとも変わってない」

「…………」

ハナビは面白《おもしろ》くなさそうにムスッとしていたが、構わず続ける。

「思い出って、形に残せるものもあれば、そうじゃないものもあるでしょう。場所とか、記憶とか。ハナビはお父様との修業の思い出、忘れたいと思う？」

「ところどころはね。上手《うま》くいかなくて怒られた日のこととか」

「全部なら？」

「……それは……」

ハナビは答えを濁《にご》して黙り込んだが、それこそが答えだと、自分でもわかっているようだった。

「ボルトやヒマワリにとっての思い出は、全部今の家に詰まってる。庭に植えた向日葵《ひまわり》の種に、柱に刻《きざ》んだ背丈《せたけ》。これは……」

言うまいか迷ったが、決心して続ける。

「ボルトが手のかかる子供だった頃の、大切な思い出だから」

だから帰れない。そう伝えると、ハナビは悲しそうな顔をした。

「それにね……」

湯冷めした頰が、ほんのり温かくなるのを感じながら。

「ハナビの言う通り、ナルトくんは忙しそうだけど……ちゃんと約束は守ってくれてる。幸せだもの。昔からずっと。新婚旅行でここに来たときから、その気持ちは変わってないよ」

ヒナタはしっとりとした微笑を浮かべた。

「私は、ナルトくんが大好きだか――」

「あ、やめて。もういい。わかったから。ノロケ話に持っていこうとしないで」

耳を塞《ふさ》ぎ、ハナビが白《しら》けた声で言う。頰を染めたヒナタの顔すら見たくないのか、目をギュッと閉じてさえいた。

「姉さまがノロケだしたら長いのよ、ホント。耳が痒《かゆ》くなる」

「そこまで言わなくても……」

「ま……幸せだっていうなら、別にいいんだけどね」

それは小声で、ヒナタの耳には届かなかったが。

「……？　なにか言った？」

「なんでもない」

あーあー、とハナビは大仰《おおぎょう》にため息をついてみせた。

「なんか張り切って損しちゃった。すっかり湯冷めしちゃったし、もう一回浸かりなおそうかな。姉さまもちゃんと温《ぬく》もったほうが――あっ」

喋りながら浴槽に向かっていたハナビだが、目を閉じたままだったせいか。

足が縁に引っかかり、前のめりに浴槽に倒れ込んで――派手な水柱を立てて、湯の飛沫《しぶき》が飛び散った。

◎◎◎◎◎

「父さまぁ？　いつまでしょげてんのー？」

翌日。『親子の日』で賑《にぎ》わっているであろう、里に向かう帰り道。

ヒアシはまだ肩を落としていた。足並みを揃えて歩けるぶん、昨日《きのう》よりマシにはなっているようだが。

後ろを歩く父と妹の会話を、ヒナタは聞くともなく聞いていた。

「うつむいてないでさ。ちゃんと前見て歩かないと、転ぶよ。昨日の誰かさんみたいに。そんなに引きずらなくても、ボルトにはゲマキ以外のものをあげればいいじゃない。お煎餅とか。濃厚醬油とあっさり醬油のダブルパンチなら、きっとあの子も夢中になるわよ」

「……いや」

ヒナタは足を止め、振り返った。父と妹も立ち止まっていた。

「昨日、ひとりで湯に浸かりながら考えていたのだが……あんなもの、年寄りの茶請《ちゃう》けに過ぎん。やはり若い舌には相応のものを贈らねば」

ハナビは意外そうに声を失っていたが、すぐに我に返り、「それでそれで？」と父の意見を促《うなが》した。

「なんといったか。ハンバーガー……だったか？」

ハナビがパチパチと手を叩《たた》く。それに気をよくしたのか、父は饒舌《じょうぜつ》に続けた。

「ヒマワリには、餡《あん》や水飴《みずあめ》よりも……生クリームを使った菓子のほうがいいだろうか。ケーキやプリンといった……」

「いいと思う。すっごく」

ねっ？　とハナビがこちらに話を振ってくる。

ヒナタは、こくりと頷いた。

「そうと決まれば……」

父が歩みを再開させる。それは往年を思い出させる力強い足取りだった。

「里に戻り次第《しだい》、ハンバーガー屋とケーキ屋を巡らねばな！」

娘ふたりを置いて、どんどん遠ざかっていく。そのまま走り出しかねない勢いだ。

「父さまったら、急に張り切っちゃって。また腰やっちゃわなきゃいいけど……」

くすくすと笑い、

「父さまー？　荷物持ちが必要じゃないのー？」

ハナビもあとに続く。

ひとり残されたヒナタは、小さくなっていく父の後ろ姿を眺めていた。

父は昔と比べて変わった。今も変わろうとしている。変わらないものなんてないのだ。

（それは……きっと私にも言えるんだろうけど）

変わらなくてはならない。子離れできない情けない母親から、きちんと子供の成長を認められる母親へと。

「姉さまもー！　なにしてーんのー！　置いてくよ！」

ハナビの声にハッとする。気がつけば、すっかり置いてけぼりにされていた。

家のことなら心配ない。夫がもし帰っていなくても、ボルトがいるのだから。あの子ならヒマワリも任せられるはず。だから……荷物持ちぐらいなら、もう少しだけ付き合ってあげてもいいかもしれない。

急かすハナビを追って、ヒナタは走りはじめた。

幕間二　シノせんせいと！　ゲマキ！

ようやく蟲《むし》たちも落ち着きを取り戻し、シノは旧市街の裏通りを散策していた。

喧騒《けんそう》は遠く、暖かな陽射《ひざ》しがぽかぽかと降《ふ》り注《そそ》ぐ。のどかな空気に、つい人目もはばからず伸びをしてしまいそうになる。

が。

「…………」

実際に両手を大きく伸ばしていたシノは、チャクラが切れた傀儡《くぐつ》人形のような中途半端《はんぱ》な体勢で、その動きを止めた。目の前の光景が信じられず、ゴーグルの奥で目を丸くする。

日向宗家《ひゅうがそうけ》当主、日向ヒアシがいたのだ。

それも、駄菓子屋《だがしや》の前なんかで。

日向ヒアシといえばかつてのチームメイト、ヒナタの実父だ。お世辞にも仲のいい父娘《おやこ》とは言《い》い難《がた》く、一緒にいるところはついぞ見たことがなかった。家族の話題に触れるたび、彼女が気まずそうにしていたのを覚えている。

それゆえ、シノもヒアシとは言葉を交《か》わしたことがないのだが……

問題はヒナタとの不仲だけではなく、ヒアシ自身にもあった。

彼にはどこか、日向以外の一族を格下に見ている節《ふし》があったのだ。油女《あぶらめ》一族のひとりとして、あまり愉快な話ではなかった。

とはいえ、それももう過ぎた話だ。今は随分《ずいぶん》丸くなったと聞く。

シノはヒアシへと歩《あゆ》み寄《よ》り、声をかけた。

「どうも」

ゆっくりと、ヒアシが振り向く。

「……？　お前はたしか……油女の……」

「シノです。娘さんと同じ班で任務に出ていた……」

「ああ。ヒナタの」

ヒアシが相好《そうごう》を崩《くず》す。かつて周《まわ》りを畏縮《いしゆく》させていた威圧感《いあつかん》は、嘘《うそ》のように引っ込んでいた。

「なにをされているのですか？　こんな――」

ちらりと、店の奥にいる店主の耳に届いていないことを確認してから、続ける。

「こんなところで」

日向宗家は木ノ葉《こ　は》隠《がく》れの里屈指の名家。つまり、大金持ちだ。菓子を買うならこんなうら寂《さび》しい駄菓子屋ではなく、包装ひとつウン十両の高級銘菓《めいか》を扱《あつか》っているデパートに行くか、あるいは屋敷に料理人を呼んで直接作らせる——そんなイメージを抱《いだ》いていたのだが。

「なに。ちと、買い物をな」

ヒアシが見ていた先に視線を落とし、シノは「ああ」とこぼした。

「『激《げき》・忍絵巻《しのびえまき》』ですか」

通称、ゲマキ。これならシノも知っていた。実際に購入《こうにゅう》したことはないが、忍者学校《アカデミー》で生徒たちが夢中になっているのだ。

授業のために教室に入ろうとすると、中から生徒の声が漏《も》れ聞《き》こえてくることがある。

「シノ祭りだ！」

「またシノ祭り！」

「いやもう、マジでシノ祭り!!」——

『シノ祭り』とは最低レアリティの〈C〉であるシノのカードがシャレにならないほど出てくる、謂《い》わばクズカードのオンパレードのことだ。その祭りで嘆《なげ》く生徒の声を耳にするたび、シノは顔のゴーグルに感謝していた。泣きたくなってもバレずに済むからだ。

「『激・忍絵巻』に興味がおありとは……意外ですね。なぜなら、あなたはこういった俗なものには手を出さないものと――」

　シノが言いかけたとき。

　ビキビキッ――とかすかに、懐《なつ》かしい音がした。白眼《びゃくがん》を発動させる際に生じる音が。

「――!?」

　思わず身構《みがま》えてヒアシのほうを見やると、彼は白眼を宿した瞳《ひとみ》で、ゲマキのパックをひとつひとつ見比《みくら》べていた。

「これは〈R〉……こちらも〈R〉……む、これは〈SSR〉だな。はは、ボルトへのいい土産《みやげ》ができた」

　これはまさか――

（白眼で透視して、中のカードを選別している!?）

　なんてセコい……

　意気揚々《ようよう》と会計に向かうヒアシの後ろで、シノはがくりと肩を落とした。

第三章
NARUTO SHINDEN

父と娘、ひとりの食卓

真っ暗な部屋の中――

「審判の日は近い……」

男の声が厳然と響《ひび》く。

「木ノ葉《こ　は》に住む人々は嘆《なげ》いている。『近頃、刺激が足《た》りない』と……ならば、刺激を用意して差し上げようじゃないか」

ククク……と男が笑うと、フフフ、ヒヒヒ……といくつかの笑い声があとに続いた。

その数は、男を含めて四。

「彼らには『雷神《らいじん》の裁《さば》き』を味わってもらう」

今度は声に出さず、男は含み笑いした。

揺らぐことのない闇《やみ》の中、それは誰の目にも映らなかったが。

「差し当たり、これを木ノ葉中にバラ撒《ま》くとしましょう。より多くの人の目に触れるよう、なるべく目立つ場所に。ククク……」

手にしたそれを、男がひけらかすように掲《かか》げる。

が。

「暗くて見えないんですけど」

女の声だ。

「え……？　ああ、すみません」

男は謝《あやま》ると、ライターを取り出してシュボッ——と火を灯《とも》した。途端《とたん》に真っ暗だった部屋が赤い輝きに照らされる。

女は目を細め、男が手にしたもの——大きなサイズのポスターだ——をつぶさにチェックしていった。

「……ちょっと」

そして、うなる。

「なんですか。この真ん中にでかでかと載《の》ってるハンバーガーの写真は」

「うちの新商品です。商品名はずばり『雷神の裁き』。近頃刺激が足りないとお嘆きのお客様にもご満足いただけるよう、とてつもない辛《から》さを目指《めざ》しました。味わった瞬間口の中に広がる衝撃は、まさしく雷神の一撃を受けたようで——」

「そういう意味じゃなくて……」

淡々と新商品の説明をする男の言葉を遮《さえぎ》り、女がかぶりを振った。

「なんで雷《かみなり》バーガーさんの商品がメインみたく扱《あつか》われてるの。これ、毎年開催してる『木ノ葉大食い大会』のポスターですよね？　うちも協賛してるのよ？」

「うちだって！」「ワシんとこもじゃ！」と、残るふたりも文句を言う。

「そう言われましても」

男は――『雷バーガー』の店長は、ライターの火を消さないよう注意しながら肩をすくめた。

「一楽《いちらく》さんのラーメンも左下に掲載《けいさい》しておりますし、Qさんの熟成《じゆくせい》ロースも下側中央に。あんころ堂《どう》さんの白玉《しらたま》ぜんざいも、ご覧《らん》の通り右下に。どれもまぁ、ちっちゃくですが」

「ちっちゃいのが問題なんじゃろがい！」

と、『あんころ堂』の老婆店主が声を張り上げる。隣にいる『焼肉《やきにく》Q』の女将《おかみ》も頬《ほお》を引きつらせていた。

女が――『ラーメン一楽』二代目店主、アヤメが嘆息《たんそく》する。

「ともかく、このポスターは作り直しで。四店舗《てんぽ》の合同開催が通例なんですから、どの商品も同じ大きさで印刷をお願いします。それと――」

きょろきょろと、アヤメが室内を見回す。

「雷バーガーさんの休憩室、なんでこんなに暗いんですか。電球が切れてるとか？」

「いえ。電球は先日新調したばかりなのですが」

店長が入り口に向かい、照明のスイッチを押す。

途端、部屋の隅《すみ》がぽわっと照らされた。ぽつんとした、ささやかな光だ。

「……ちっちゃ……」

「アルバイトの子に電球の買い出しを頼んだら、なぜか間接照明を買ってきましてね。処分するのももったいないので、ひとまずそのままにしているわけです」

照明の件には触れず、焼肉Qの女将が訊《たず》ねる。

「さっきの……最初に言うてはった『審判の日』ってどういう意味やの？」

「大食い大会では私が実況兼《けん》審判を担当いたしますので、『私が審判を務《つと》める日』という意味です。決意表明のようなものですな。こう見えて緊張していまして」

「……そうなん」

無駄《むだ》な質問をしてしまった。そう言いたげに、焼肉Qの女将が肩を落とす。

「話を戻しましょうか」

アヤメが言った。

「優勝者に提供する賞品について。これは持ち回り制だから……今年はあんころ堂さんが担当でよかったかしら？」

「んむ」

短く答え、老婆店主が頷《うなず》く。

「まぁ、ちょろっとトッピングを足す程度でよかろ。ぜんざいに白玉ひとつサービス。期間は次の大食い大会が開催されるまでの一年間……こんなところでどうじゃ」

満足げに老婆店主が微笑《ほほえ》む。が。

「足りませんね」

店長が、それに待ったをかけた。

「今年はいつもとひと味違う大会にしなければ。なにせ、七代目が定《さだ》めた『親子の日』に開催するのですから。賞品もそれに見合った豪勢なものでないと。差し当たり……一年間、ぜんざいに白玉追加し放題などいかがです？」

「ンなっ――」

老婆店主が息を呑《の》む。

「そんなもん店が潰《つぶ》れるわい！　貴様らも忘れたわけではあるまいに……！　木ノ葉にはあの男が……秋道《あきみち》チョウジがおるんじゃぞ!!」

今度は老婆店主を除く全員が息を呑んだ。シン――と、氷を張ったような静寂《せいじゃく》があたりを包み込む。

「あやつがおる限り、この里で食べ放題は禁句……そうじゃろ？　焼き肉屋ぁ……」

「……せやねぇ」

青ざめた顔で、焼肉Qの女将が同意する。

「うちもあのお客さんに限っては、食べ放題を遠慮させてもうてるけど……」

「じゃろぉ？　それなのに白玉追加し放題などと、たわけたことをぬかしおって」

忌々《いまいま》しそうに、老婆店主が歯を軋《きし》らせる。

「忘れもせんぞ。ワシが前に担当した、四年前の大食い大会……奮発して甘酒飲み放題を賞品にしたら、あの男、一日で在庫全部飲《の》み尽《つ》くしおって……危うく店が潰れるところじゃったわい」

「しかしですよ」

憤慨《ふんがい》する老婆店主をなだめるように、店長が言う。

「例年より豪華になるということは、あんころ堂さんの名前がそれだけ知れ渡るということです。そんなチャンスに白玉ひとつだけなんて、逆に客足が遠退《とおの》いてしまうのでは？」

「ぐぬ……っ！」

絶句する老婆店主を哀《あわ》れむように、アヤメが口を開いた。

「進むも地獄、止まるも地獄……ってところかしら」

「そう思うんじゃったら、もっと別の案を――」

怒鳴《どな》りかける老婆店主だが、

「……いや。やっぱりいいわい」

唐突《とうとつ》に、声をすぼませた。

「賞品は貴様らの提案通り、ぜんざいに白玉追加し放題……無限盛りで構《かま》わん」

アヤメたちが不思議そうに顔を見合わせるなか、老婆店主は顔を伏《ふ》せ、小声で続けた。

「要は大々的にワシの店を宣伝したうえで、損をしなければいいんじゃろ。簡単なことじゃわい。ワシにはとっておきの秘策があるからのう……見ておれよぉ……ヒヒヒヒ……」

◎◎◎◎◎

「ブァーッハッハッハッハッハハハハ！」

秋道家の居間に、秋道十六代目当主――秋道チョウジの豪快な笑い声が響いた。

テレビの前でソファに寝っ転がり、ポテトチップスを貪《むさぼ》り食《く》っている。

「ハハ――ッヒィーヒヒハハ……ブォホッ！」

笑いの止まらない口からポテトチップスが噴出し、テレビに映る漫才師の顔が食べカス

にまみれた。それすらも面白《おもしろ》いのか、

「ハ――ッハハッヘァハーハハッ！」

チョウジは腹を叩《たた》いてなおも笑い続けた。でっぷりした腹がポンポンと小気味よい音を奏《かな》で、伴奏するように尻《しり》が『ブ――ッ！』と鳴く。

「おおっと。強く叩きすぎちゃったかな……ブァハハハハ！」

それでも懲《こ》りず、チョウジは爆笑した。

後ろから突き刺さる軽蔑《けいべつ》の目も気にせずに。

「……最っ低」

娘のチョウチョウが半眼になり、うめく。ソファを独占されて立《た》ち尽《つ》くす羽目《はめ》になった恨《うら》みも手伝ってか、彼女の声はことさら冷淡だった。

その隣では、妻のカルイも同じような目でチョウジを見下ろしていた。

「お前、本棚《ほんだな》からあれ取ってきな。動物図鑑」

カルイが顎《あご》をしゃくり、チョウチョウに言う。

「図鑑なんかどうしようっての」

「全力でパパの頭に振り下ろす」

「ママのジョーダン、冗談に聞こえないからやめて、ホント」

「だったら中を見るだけでいいよ。ぐーたらダメオヤジの飼い方が載《の》ってるかもしんねーし」

「載ってないっしょ。こんなパパうちだけだって」

愉快に腹を揺するチョウジの後ろで、ふたりは揃《そろ》ってため息をついた。

「とりあえず……片すか」

「だね」

チョウジの周《まわ》りにはポテトチップスの袋が散乱していた。すべてコンソメ味だ。

さながらぐーたらダメオヤジの巣とでも呼ぶべきスペースに、ふたりは億劫《おっくう》そうに踏み入っていった。

と。

「……あン？」

ソファの前に回り込んだカルイが、床の一点を見て疑問符を吐いた。そこには、ポテトチップスとは異《こと》なる空《あ》き袋《ぶくろ》が。

「ちょっとアンタ。この袋、もしかして……」

「ハハハハ……は？」

カルイの声がその名に反して重くなったのを察し、チョウジは笑うのをやめた。

「やっぱり……」

　空き袋の正体に気づいたのか、カルイの目が斜《なな》めにつり上がる。

「明日《あした》の朝ご飯に買っといた菓子パンだろ、これ！　なんで先に食べちゃうんだよ⁉」

「え……ええっ？　いやぁ、だって……コンソメ味だけだと飽《あ》きるから、ちょっと甘いものを挟《はさ》もうかなって……」

「砂糖でも舐《な》めてろッ‼」

　痛烈に叫び、カルイの視線が別のものに移る。

「それに……これも！　この牛乳！　なんでコップに注《つ》がずに直《じか》で飲むんだよ！　やめてって言っただろ⁉」

「いいじゃないか、どうせ家族しか飲まないんだから」

「そういう問題じゃねーだろ、コラァ！」

　カルイがチョウジの襟《えり》を摑《つか》み、ソファから立ち上がらせようとする……が、三倍はあろう体重差は覆《くつがえ》らず、「んん――ッ！」「どちくしょうがぁぁ！」とうなるものの、チョウジの姿勢を寝っ転がった状態から座った状態に変えただけで、カルイは息を切らせていた。

「も……もういい……っ」

　膝《ひざ》に手をやり、激しく息づきながらカルイが言う。

「怒鳴《どな》るのも疲れたし、腕も疲れたし……なんかもう色々疲れた……」

カルイが力んでいる間に床のゴミをまとめていたチョウチョウが、ポテトチップスの空き袋で汗だくの母親を扇《あお》ぐ。

「ママ。なんちゅーか、ドンマイ」

「おーう……」

カルイがぺらぺらと手を振り返した。

「とりあえず……買い物行ってくる。明日の朝ご飯……もっかい買わねェと……」

酸欠気味のふらつく足取りで、カルイが玄関へと向かう。

「あっ。買い物？」

その背中に、チョウチョウジは嬉々《きき》として声をかけた。

「だったら、ついでにポテチのコンソメ味も頼んじゃおうかな。もううす塩味しか残ってなくてさぁ」

「………」

肩越しに振り返ったカルイのこめかみに、ピキィ……と血管が浮かんだ。

カルイは無言で前に向き直ると、どたどたと大股《おおまた》に歩いていき——壊さんばかりの勢いで玄関の戸を開いた。

そして、同じ勢いで閉める。振動は居間まで届き、テレビにこびりついていた食べカスがぽろぽろとこぼれ落ちた。

「な、なんだい……？　ママったら急に怒ったりして……」

チョウジはうるさそうに耳を塞《ふさ》いでいたが、

「……ぐーたらダメオヤジ」

チョウチョウのつぶやきだけは、なぜかはっきり聞こえた。

◎◎◎◎◎

このままでは妻のカルイが愛想《あいそ》を尽《つ》かし、家を出ていってしまう。

自身の振る舞いを顧《かえり》みて、そのことに気づいた――わけではない。娘のチョウチョウに言われたのだ。パパ、このままだとマジでヤバイよ。

かといって、具体的にどうすればいいのか。チョウジにはわからなかった。肉の焼き加減を読み取る術は木ノ葉一を自負していたが、女心を読み取る術は三十路《みそじ》を超えた今も、未《いま》だ身についていなかった。

そんな体《てい》たらくだからこそ、いくら頭を働かせたところで妻の心を取り戻す方法は思い

浮かばず、

「とりあえず、考えすぎてお腹《なか》が減ったからポテチ買いに行こうか」

などという話に持っていってしまう。

「まだ五分しか考えてなくない？」

と苦言を呈《てい》しつつも買い出しをやめたりせず、むしろ一緒についてくるあたり、やはりチョウチョウは自分の娘だなと思う。

秋道家の当主を父から継《つ》いだ日。ずっと抱《かか》えていた不安が口をついた。果たして、こんなにポッチャリしている自分に結婚なんてできるのか……

不安は杞憂《きゆう》に終わり、妻と巡《めぐ》り会《あ》うことができた。そして、子宝にも恵まれた。

出来すぎた話だという自覚はあった。ぐーたらダメオヤジになった自覚はなかったが。

まず娘が可愛《かわい》い。親のひいき目でなく可愛い。生まれたときから枕元で毎晩『どうか自分ではなくカルイに似てくれますように……』と祈っていたのだが、その甲斐《かい》があった。

祈っている姿を妻からは『ハムが上手《うま》いこと燻製《くんせい》されるよう見守ってる職人みてーだな』と揶揄《やゆ》されたが、それは別にいい……いや。あまりよくない。祈りにハムの邪念《じゃねん》が加わったせいで、娘の体型はハム……ではなく自分に似てしまった。

それでも、顔は母親に似たのだから文句は言うまい。整《ととの》った二重《ふたえ》まぶたに、切れ長の目。

ぽってり厚い唇《くちびる》。本当に、自分の遺伝子が首から上に反映されなくてよかった……娘の顔を見て、チョウジはしみじみとそう思うのだった。

「……？　なに？　人の顔じろじろ見ちゃって。転んでも知らないかんね」

チョウチョウに言われ、チョウジはハッとした。夜の繁華街《はんかがい》。人通りが多く、たしかにぼーっとしたままでは誰かにぶつかっていたかもしれない。

「パパ、ぼーっとしてる間に何人かぶつかってたよ。全員お腹で弾《はじ》き飛《と》ばしてたけど」

もとい、ぶつかっていた。

「そ、そいつは悪いことしちゃったなぁ……ちょっとね、考えてたんだ。ママとどうやったら仲直りできるのか」

「ふーん。で、なにか名案は浮かんだ感じ？」

「いや、まったく」

即答すると、チョウチョウの肩がこけた。

困ったように頭を掻《か》くチョウジを、彼女は横目で睨《にら》みつけた。

「せめてひとつぐらい思いついてよ。ベタなのでいいからさぁ」

「うぅん……たとえば？」

すぐにチョウジは答えを求めた。深々と、チョウチョウがため息をつく。

「ちっとは自分で考えてよねェ……たーとーえーばー……贈り物とかどーよ。指輪とか、アクセサリーを贈ったことはないわけ？」

「ああ。それなら――」

チョウジは娘の耳を指差した。

「そのピアスかな」

ひくりっ――とチョウチョウが口角《こうかく》を引きつらせる。

「あちしィに贈ったものじゃなくて……ママに贈ったものだっつの……」

チョウチョウが耳に着けているピアスは、チョウジが中忍《ちゅうにん》に昇格したとき、亡《な》き師アスマからプレゼントされたものだった。

自分の子供が下忍《げにん》になったとき、その子が中忍になるまで自分が身に着けていたピアスを託《たく》す……奈良《なら》一族、山中《やまなか》一族、そして秋道一族に伝わるしきたりだ。

もっとも、チョウチョウにピアスを贈ったのは彼女がまだ忍者学校《アカデミー》に通っていた頃――下忍として認められる前だった。娘はその頃から秋道家の秘伝忍術をいくつか使いこなしていたため、問題ないと判断したのだ。他の奈良家、山中家も同様に。

とはいえ、それ以外に贈ったものとなると……

「ママにアクセサリーなんて……贈ったことないような……」

「はァア？」

素《す》っ頓狂《とんきょう》な声をあげ、チョウチョウが口をあんぐりと開ける。

「いや。いやいや。違うんだよ」

言《い》い訳《わけ》して、チョウジはわたわたと手を振った。

「ママは雷遁《らいとん》を使うだろう？　そうなると、こう、貴金属を身に着けてたらビリッと来るかもしれないから……」

「……革《かわ》モノ贈ればよかったじゃん……」

「……そうだね」

チョウジは娘の反論を素直《すなお》に認めた。

ご機嫌《きげん》を取らなくてもカルイは自分についてきてくれる——なんて自惚《うぬぼ》れていたわけではない。ただ、なにもしなくても一緒にいてくれるから、それが当たり前だと思い込んでいただけだ。そのツケが今になって回ってきたわけだが。

「それでもママがパパと一緒にいるってことはさぁ……そんだけパパに魅力があるってことでしょ」

笑顔で結論付けるが、すぐにチョウチョウは顔をしかめた。

「……うわ、恥っず……あちし今すっげー恥ずいこと言った気がする」

忘れて忘れて――と手で顔を覆《おお》い、もう一方の手で空気をかき混ぜる。そんなに恥ずかしいこと言ったかな？　とチョウジは首を傾《かし》げた。

指の隙間《すきま》から、チョウチョウは目を覗《のぞ》かせ、

「……パパさぁ。自分の魅力はどんなとこだと思う？　長所っちゅーか、ママに受けそうなところっちゅーか」

「魅力……って言われてもなァ……」

チョウジは頭の中を探るように夜空を見上げた。自分のことだ。それなら難なく思い浮かびそうなものだが――

「優しいところ、かな」

出てきたのは、とてつもなく無難な自己評価だった。

「うっわ、フツー……」

チョウチョウも呆《あき》れて目を細めている。

と、その目が不意に見開かれた。

チョウジの後ろを見つめ――そして、にんまりと笑《え》みを浮かべる。

「……他にパパの魅力があるとするならぁ――」

びしいっ――と、チョウチョウが視線の先を指差した。

「やっぱその食いっぷりっしょ」

娘が示す先をチョウジも見やる。そこには二十四時間営業のよろず屋があった。ポテチを買おうと目指していた場所だ。まさか店の商品全部買い占《し》めて平らげろとでも言うつもりなのか。

訝《いぶか》るチョウジだったが、すぐに違うとわかった。娘が指差していたのはよろず屋それ自体ではなく、入り口の脇《わき》に貼《は》られたポスターだった。

『今年も開催！　来たれ、木ノ葉の大食い自慢！』

そう書かれている。毎年恒例《こうれい》の大食い大会の告知だ。真《ま》っ赤《か》な香辛料をまぶしたハンバーガーに、丼《どんぶり》の縁《ふち》が埋もれるほどチャーシューが盛られたラーメン。焼《や》き網《あみ》の上で肉汁の泡を弾けさせている焼き肉に、見ただけで脳が甘味を感じるとろっとしたぜんざい。それらの写真も一緒に掲載されている。

「おっひょ……」

チョウジの腹が『ぐぅぅぅ』と鳴いた。

「これに出場して、パパの食いっぷりを見せつけてやりゃーいいじゃん。したらママも惚《ほ》れ直《なお》すってもんでしょ」

問題の解決が行き着く先は、やはり食べることだった。親が親なら子も子である。

「それに……ほら」

チョウチョウの指がつぅ――っとポスターの下のほうに移る。そこには『※今回は親子の日の開催につき、出場者を親子限定とさせていただきます』と注意書きが記《しる》されていた。

「ね？　パパとあちしのタッグなら優勝間違いなしだって」

チョウチョウの人差し指が引っ込み、代わりに親指が立てられた。

「ああ……ああ！　そうだね！」

チョウジもまた親指を立てる。

ふたりは向かい合って笑顔を交《か》わすと、互いにサムズアップして――ついでとばかりに『ぐぅぅぅ』と腹の音も揃えた。

◎　◎　◎　◎　◎

ぱんっ……ぱぱーんっ……

軽快な音をたてて、雲ひとつない青空に白煙がないた。

親子の日の当日。木ノ葉《こ　は》隠《がく》れの里、旧市街の一画を占める競技場には三角屋根のパイプテントが並び、雛壇《ひなだん》状に座席が用意されていた。大食い大会のための特設会場だ。そして、グラウンドには大食い大会の開催を待つ親子の姿が。

知った顔を見つけて、チョウジはにこやかに手を振った。

「シカマル!」

呼びかけると、奈良シカマルが手を上げ返してきた。

「よう、チョウジ」

傍《かたわ》らには、父親そっくりの髪形をした少年、奈良シカダイも。

彼はこちらに気づくなり、「うげ」とぼやいた。

「やっぱいるか、そりゃあ……めんどくせー……」

「もち。美食集まるところにあちしらあり、ってね」

チョウジの隣でチョウチョウが胸を張る。シカダイの様子《ようす》を見るに、あまりここでは会いたくなかったようだが――似たような「うげ」が別の方向からも聞こえてきた。

振り向くと、山中家に婿入《むこい》りした山中サイと、その息子《むすこ》、山中いのじんがいた。

声を発したのはいのじんらしく、眉《まゆ》をハの字にしている。

「カルイおばさんとじゃなくて、チョウジおじさんと参加するんだ……無理でしょ、こんなの」

弱音《よわね》を吐く息子に、サイが苦笑を送る。

「まあ、やってみないことにはね」

いずれにせよ、サイも後ろ向きではあったが。

「いのは留守番かな?」

チョウジが訊ねると、サイは「うん」と頷いた。

「お祭りともなると花屋も忙しくなるから。ボクが店番でもよかったんだけど……」

「忙しいってんなら、なおさらあいつに任《まか》せたほうがいいだろ」

シカマルが言った。チョウジが言葉を継ぐ。

「そうそう。子供の頃から店先に立ってるんだから。どれだけ店の中が混雑したってパニクったりしないよ」

「……そうだね」

安心して——というよりはどこか寂《さび》しそうに、サイが微笑んだ。猪鹿蝶《いのしかちょう》の誰かが幼少期の話をすると、その時代を知らないサイは決まってそんな顔をする。チョウジが気づいたぐらいだから、当然シカマルも気づいていたのだろう。肘《ひじ》で強めに小突《こづ》いてきた。

慌《あわ》ててチョウジが謝《あやま》ろうとしたとき。また違うところから「うげ」が聞こえた。

見やると——

「き、緊張して……吐き気が……うげ……っぷ」

緑色の全身タイツを着たおかっぱ頭の少年が、なにやら嘔吐《えず》いていた。

「落ち着きなさい、メタル！　落ち着いて——いや！　むしろ吐いたほうがいい！　吐いて胃の中を空《から》っぽにしておくんだ！」

隣では、同じく緑色の全身タイツ（肩から先が破れていたが）を着たおかっぱ頭の男が、少年を励《はげ》ましているのかなんなのか、「吐ーけ！　吐ーけ！」と囃《はや》し立《た》てている。

メタル・リーとロック・リー。

できれば食事前に汚いものは見たくないなと思っていると、その視線に気づいたらしく、父親のリーのほうが親指を立てて歯をキランと輝かせた。

「ご心配なく！　今日《きょう》の朝食には七色の野菜や果物を摂《と》りましたから。きっと息子の吐瀉《としゃ》物《ぶつ》も綺麗《きれい》な虹色《にじいろ》になっているはずです！」

そこの綺麗さは求めていないし、聞きたくもなかったのだが、とにかく彼は自信満々に言いきった。

「えーっと……」

妙な空気を変えようと、チョウジは口を開いた。

「あと来てそうなのは……ナルトとかいないのかな？」

視線をさまよわせるチョウジだったが、シカマルがかぶりを振った。

「難しいだろうな。あの野郎、残った仕事はひとりで片せる、なんて気ぃ回しやがって……どう考えても朝までかかる量だってのに」

腹立たしそうにシカマルが舌打ちする。この話は掘り下げても碌《ろく》なことにならなそうだと、チョウジは別の話題を探した。

「そ、そういえば、シカマルもサイも珍しいよね。大食いなんて。やっぱり優勝賞品が豪華だから？」

「ああ」とシカマルが頷く。

「テマリにねだられてな。『あんころ堂』のぜんざい白玉無限盛り。あんなもん小豆《あずき》がメインで白玉はオマケだろーに。そんなに盛ってどうすんだか」

「『ねだる』なんて可愛いもんじゃなかったろ、昨日《きのう》の母ちゃん……」

シカダイがぼやき、ねだられたときのことを思い出しでもしたのか、身震いする。

「ボクらも似たようなもんかな」とサイ。

「大食いなんて青春イベント、見逃《みのが》せませんから！」とロック・リー。

「チョウジのとこはどうなんだ……って、聞くまでもなかったか」

シカマルが目を細めて笑う。

「いや、ボクらは――」

言いかけて、チョウジは迷った。まさか『妻のカルイに食いっぷりを見せつけるため』とも言えず、別の言い訳を探していると——

「ガハハハハハッ！」

野太い笑い声が響いた。聞いたことのない声だ。

「………？」

怪訝《けげん》そうにサイが振り向く。チョウジもそれに倣《なら》うと、少し離れたところに秋道一族と見紛《みまが》うほどの巨漢がいた。それもふたり。

ひとりは背の高い大男。上半身裸《はだか》で、筋骨隆々《きんこつりゅうりゅう》の肉体を晒《さら》している。もうひとりは背《せ》丈《たけ》こそ及ばないものの、そのぶん太っていて横幅があった。上半身は同じく裸。突き出た腹がズボンの上に乗り、白餅《しろもち》のように揺れている。

どちらも腕を組み、体を斜めにして向かい合っていた。

「どいつもこいつも軟弱な理由で参加しおって！」

筋肉質なほうが叫んだ。

「そこに食い物があるから食う！　大食いに必要なのはそれだけさ！」

太っているほうが言葉を引き継ぐように叫ぶ。

「見ない顔だが……誰だ、あんたら？」

シカマルが訊ねると、筋肉質なほうが憎帽筋《そうぼうきん》をゆさゆさ震わせて笑った。

「我らは流浪《るろう》の大食い親子！　今年も美味《うま》そうな匂《にお》いに釣られて来てやったわ！　人呼んで鍋底《なべぞこ》ざらい、クーイ！」

筋肉質が叫び、

「その息子！　重箱つつきのダオレ！」

やはり太っているほうが続ける。ふたりは互いに目で合図を送ると、声を揃えた。

「ふたり合わせて――」

「〝食い倒れ〟じゃん」

チョウチョウがぽつりとつぶやくと、巨漢親子の表情がピシッ――と固まった。

「…………」

短くない沈黙の中、静かに風が吹き抜けていく。

シカダイがチョウチョウの耳元に口を寄せ、面倒臭《めんどうくさ》そうに囁《ささや》いた。

「おい、空気読んでやれって……言わせてやりゃーいいんだよ、こういうのは」

巨漢親子はなにか言いたげに震えていたが、すぐに自《みずか》らタイミングを計《はか》り、叫び直した。

「ふたり合わせて、ダオレクーイ！」

「うわ、せこい。入れ替えた」

眉根《まゆね》を寄せるいのじんの隣で、メタル・リーがぴっと人差し指を立てる。

「しかも合わせた名前が意味を成《な》していません。無意味です」

「やかましいっ！」

クーイかダオレか、あるいはふたり同時だったのか。とにかく叫ぶ。

「食の細そうな小兵《こひょう》の分際で……小兵、小兵ッ！　お前も小兵ッ！」

クーイがシカマルとサイ、そしてロック・リーを順番に指差していった。

と——チョウジを指したところで、その動きが止まる。

「お前は……小兵呼ばわりするわけにはいかんか。我《わ》が胃袋に敵《かな》うのはお前ぐらいのものだからな。そうだろう、秋道チョウジ」

名前を呼ばれ、チョウジは眉をひそめた。

こちらのことを知っているようだが……こんな厳《いか》つい男に覚えはない。

その思いが顔に出たのか、クーイの巨体がぐらりとふらついた。

「まさか……我が名を忘れたというのか!?　去年も！　一昨年《おととし》も！　一昨々年《さきおととし》も!!　共にカロリーの限界に挑《いど》み合《あ》った仲だというのにッ!?」

「そんなこと言われても……食事中は食べ物のことしか見てないし」

それは困惑《こんわく》しているシカマルたちに向けた言い訳だったが、クーイは自分への嘲弄《ちょうろう》と捉《とら》

えたらしく、

「おのれェェェ……ぬけぬけと……っ！」

みるみるうちに顔面が真っ赤に染まっていった。

「余裕ぶりおって……あとで吠《ほ》え面《づら》かかせてやるからな！　いかな大食漢とて我ら親子の敵ではない！　この食い倒れ親子のなッ!!」

ガハハハハ！　と高笑いしながら、クーイとダオレが去っていく。

好き放題な物言いに、誰しもぽかんとしていたが。

「……やっぱ〝食い倒れ〟じゃん」

チョウチョウがそうこぼしたとき、大会開始を告げるアナウンスが響き渡った。

◎◎◎◎◎

『本日はお忙しい中「木ノ葉大食い大会」にご参加いただき、誠《まこと》にありがとうございます。無事に開催の日を迎えることができ、私共《ども》としましても大変喜ばしく――』

グラウンドの最前。演壇に上がった雷バーガーの店長なる人物のアナウンスを適当に聞きながら、チョウジは観客席に視線を巡《めぐ》らせた。

「おっ！　パパ、あそこ。ちゃんと来てくれたっぽいよ」

隣の席にいるチョウチョウが観客席を指差す。その先に、妻のカルイがいた。頬杖《ほおづえ》をついてつまらなそうにしているが、少なくとも観戦はしてくれるようだ。

「よし……これであとは、じゃんじゃん食うだけだね」

胃袋を鼓舞《こぶ》して、テーブルに両拳《りょうこぶし》を載せる。俗に言う『ご飯まだかなポーズ』だ。

テーブルは二人掛けのシンプルなもの。周囲を見やれば、同じものが等間隔で百脚近く並べられている。つまり、百組近い親子が参加しているわけだ。

左隣には先ほどの食い倒れ親子。そして右隣にはシカマルとシカダイ。その隣にサイといのじん。さらに向こうにリー親子——と、並んで受付を済《す》ませたせいか、知った顔が固まっている。

『それでは早速《さっそく》、本日の一品目をご案内いたしましょう。「ラーメン一楽」より大会限定仕様《しよう》の極厚《ごくあつ》チャーシュー麺《めん》です！』

手押しワゴンがラーメンを運んでくるなり、あたりからおおおおと歓声《かんせい》があがった。

「こ、これは……っ！」

チョウジも感極《かんきわ》まり、うなった。

いつもの一楽の丼が、溢《あふ》れんばかりの極厚チャーシューによって覆われていた。丼の縁に敷き詰めるのみならず、中央に向かうにつれてチャーシューの山が屹立《きつりつ》するよう盛られているのだ。それもただ盛るのではなく、綺麗なうずまき状に。頂上にちょこんとナルトが乗っているのを見るに、おそらく七代目を意識しているのだろう。

青空の下、透き通る脂《あぶら》が日光を照り返し、チョウジとチョウチョウの満悦顔《まんえつがお》をキラキラと輝かせていた。

『皆様には、こちらの限定ラーメン完食までのタイムを競《きそ》っていただきます！ 次のメニューを口にすることができるのは、上位三十組までです！ なお、本日は放送スタジオからカメラが入っております。大会の模様は里の皆様がご覧になりますので、何卒《なにとぞ》お見苦しき点のないよう……万が一嘔吐《おうと》などされた場合、即失格とさせていただきます！』

不意に聞こえた〝嘔吐〟という言葉に嫌《いや》な予感を覚え、チョウジはリー親子のテーブルを見やった。

「た、ただでさえ気分が悪いのに……こんなこってりしたもの……見せられたら――」

メタル・リーが目を白黒させ、うっ……と口元を押さえた。チョウジは咄嗟《とっさ》に目を逸《そ》らしたため、その後の顛末《てんまつ》を目撃していないが……

『どどうしたァ――ッ！ リー選手が突然のスプラァァ――ッシュ！ 食事をはじめる前からいったいなにがッ!? いやしかし、これは見事な虹色！ 虹色のアレが虹のような放物線を描いているゥ――ッ！　……はい。ということでリー親子、失格です』

「メタル、気にするな！　青春に反吐《へど》は付きものだ！　父さんだって昔は腕立てしては反吐はいて、逆立ちしては反吐はいて……とにかくゲロゲロしてたんだからな！」

店長の事細《ことこま》かな実況とロック・リーのせいで、概《おおむ》ね理解できた。

◎◎◎◎◎

一楽のチャーシュー麺には大満足だったものの。

続くメニュー、超激辛ハンバーガー『雷神の裁き』はなかなかの難敵だった。悪ふざけかと思うような刺激に耐え、うめきながらもどうにか食べきり、シカマルやサイと共に準決勝進出を果たしたチョウジは、休憩用テントのひとつで腫《は》れた唇を氷袋で冷《さ》ましていた。

チョウチョウもズビビ……ッと水をすすっている。

「いやぁ……酷《ひど》い目にあったね……」

「ホント……あんなの食べるんだったらわさびのチューブ舌の上でひねったほうがマシだっての」

チョウチョウが辛辣《しんらつ》にうめいたとき。

「アンタたち、なにやってんの……？」

テントに来客があった。カルイだ。

「ママ！」

唇の腫れも忘れ、チョウジが立ち上がる。

「見ててくれたかい、ボクの活躍！　惚《ほ》れ惚《ぼ》れする食いっぷりだったろう？」

「あちしもいるかんね。ボク〝ら〟よ、ボク〝ら〟」

「うんうん。ボクらの活躍！」

胸を張るチョウジだったが。

「活躍……って言われてもなー……」

予想に反し、カルイの態度は曖昧《あいまい》だった。

「大食い大会なんて命知らずの集会みたいなもんだろ？　食う量と速さを競《きそ》ってんだか、体を壊す早さを競ってんだか……そんな集まりで活躍したからって、微妙じゃね？」

「び……微妙？」

チョウジは言葉をそのまま返した。

「あんな脂っこいもん食って、葬儀屋とタイアップでもしてんの？　そんな幟《のぼり》は見えなかったけど……ま、馬鹿な真似《まね》は程《ほど》ほどにして、ちゃんと野菜も食うようにしなよ」

それを言いに来ただけだから――と、軽く手を振り、カルイがテントをあとにする。

残されたふたりは、ぽかんと口を開けていたが。

「パパの魅力って……食いっぷりじゃなかったんだ」

目をぱちくりさせて、チョウチョウがつぶやいた。

◎　◎　◎　◎　◎

『さあ、いよいよ準決勝！　食していただくメニューは……』

ガラガラと、ワゴンが押されてくる。上には鉄板が載った卓上コンロと付け合わせのサンチュ、さらに既《すで》に火が通り、じゅわぁぁ……と湯気を立てている肉が。

『「焼肉Q」より熟成ロース十人前！　これを先に完食した三組が決勝戦へと進むことに……あぁ――ッと！　どうした秋道親子！　なにやら父親がぐったりしているゥ――!!』

店長が叫ぶ通り、チョウジは椅子《いす》に腰掛けたまま手足を投げ出し、生気に欠《か》けた眼差《まなざ》しで虚空《こくう》を見つめていた。

「ボクの魅力って……いったい……」

ぼんやりとこぼした言葉が、青空に溶《と》けていく。

「ちょ……パパ！　しっかりしてよ！　次の料理来ちゃってんよ!?」

チョウチョウに激しく揺さぶられるも、チョウジはされるがままに巨体をぐらつかせただけだった。

『事情はわかりませんが……大食いに待ったはございません！　このまま準決勝をはじめさせていただきます！』

隣のテーブルで、フンッ！　とクーイが鼻を鳴らす。

「つまらん。あれっぽっちの量で支障《ししょう》をきたすとは……炭水化物の重圧に潰れおって。所《しょ》詮《せん》は小兵……一時《いっとき》でもお前をライバルと認めたのは、我が生涯最大の恥よ」

「チョウジ……」

シカマルが心配そうにつぶやくが、その思いがチョウジに届く前に、

『それでは……準決勝、開始ィィ──ッ！』

ジャァアン……と銅鑼《どら》が鳴った。

「だあ……ったく、もう！」

戦意を喪失《そうしつ》したチョウジから湯気を立てる焼き肉へと、チョウチョウが向き直る。

彼女は箸《はし》を振りかぶると、いくつもの肉をまとめてすくい上げ、口へと運んだ。

「うンまッ！　パパ、この肉すンごい美味《おい》しいんだけど！」

肉汁できらめく笑顔を父親に向けるチョウチョウだが――チョウジは依然《いぜん》としてぐでっとしていた。いつもなら『美味《うま》い肉』と聞いただけでヨダレがこぼれる口も、今はだらしなく開いたままだ。

「肉にも反応なしって……ヤバくない？」

こめかみに汗を浮かせ、チョウチョウがひとりで箸を進める。

「それに、この量……たしかに美味しいけど、あちしひとりで全部平らげんのは……」

珍しく、チョウチョウが食べ物に対して弱音を吐く。親子で食べることを前提に盛られた肉の山に、流石《さすが》の彼女もたじろいでいた。と――

『おあっとォ！　準決勝開始から三分！　早くも完食者が現れたァ――ッ！』

「えっ、マジ？　もう!?」

チョウチョウがあたりを見回すと、楊枝《ようじ》で歯をほじるクーイと目が合った。彼はチッチッと、指――ではなく楊枝を振って余裕を見せつけてきたが、快食とはいかなかったらしく、息子のダオレのほうはチョウジと同じような体勢でげんなりしていた。

さらに。完食者は彼らだけではなかった。

「ガチでもう……肉は一生食いたくねェ……」

「そう言うな。どうせ一週間もしたら肉と米が恋しくなるんだ……まぁ、オレは絶対なんねェけどな」

シカダイとシカマルも完食していた。そちらも椅子から崩れ落ちそうな有り様《あさま》だったが。

「父さん……あと全部食べていいから……」

いのじんとサイもほとんど食べきり、残る肉は数切れとなっていた。

「子供が遠慮するもんじゃないよ……育ち盛りなんだから……」

「そういうのいいって、ホント……脂身きっつい……」

その残る数切れに箸が伸びず、親子揃ってぐだぐだしている。

『決勝戦に進めるのは、あと一組！　果たしてどの親子が勝ち上がるのかァ⁉』

「くぅ……ちょっと、パパ！　いい加減シャキッとしなってば！」

チョウチョウが父親の腹をペチペチとはたく。けれど、チョウジは箸を手にすらせず、

「ボクの……魅力……」

ぶつぶつとうめくだけだった。

歯噛《はが》みするチョウチョウだが、ふと、なにか閃《ひらめ》いたのか、添《そ》えられていたサンチュを何枚か手に取り、余っている肉を手早く包みはじめた。そして——

「パパ、これ見て！　や・さ・い！」

「…………え？」

「ママも言ってたでしょ。野菜も食うようにしな、って。きっと野菜を食べる姿を見たら惚れ直すんじゃない？」

「これ……野菜？」

サンチュからは、もりもりに肉がはみ出していたが。

「や・さ・い♡」

チョウチョウは譲《ゆず》らなかった。

「そっか……野菜か……野菜かぁ――っ！」

ガバリと、チョウジが跳《は》ね起《お》きる。一息に、彼はサンチュという名の肉を平らげた。その横で、チョウチョウがこっそりとガッツポーズを取る。

チョウジがすべてのサンチュを口にしまうと同時に、銅鑼の音が響く。

『準決勝、しゅーりょ――ッ！　決勝戦に進むのは、食い倒れ親子、奈良親子、秋道親子の三組です！　激戦を勝ち抜いた彼らに、皆様どうか盛大な拍手を！』

パチパチと観客席から拍手《はくしゅ》が届く。加《くわ》えて、完食に至らなかったサイといのじんが力尽き、机に突《つ》っ伏《ぷ》す〈ゴンッ〉という音も。

『続けて決勝戦を行います！　食していただくメニューは……「あんころ堂」より白玉ぜんざい十人前！』

再び手押しワゴンが登場し、卓上コンロを片づけていった。替《か》わりに、テーブルの上にぜんざいの椀《わん》が十膳《じゅうぜん》並べられる。

「休憩なしかよ。つれー……もう胃に入る気しねーんだけど……」

シカダイが苦《にが》い顔でぼやく。シカマルも似たような表情だが、それには苦笑も混じっていた。

「母ちゃんがよく言ってたろ。『甘いものは別腹』って。そいつを信じてどうにか詰め込むしかねぇな。ほら、ここをとか入んねーか？」

「おっ、ぐ……父ちゃん、やめろって……食ったもん全部出ちまう……っ！」

父親に脇腹《わきばら》を小突かれ、シカダイが青ざめる。それにいち早く反応したのは、マイクを握《にぎ》る店長だった。

『んン――ッ！　嘔吐はいけません、嘔吐は！　早速参《まい》りましょう！』

高々と腕を上げ、

『木ノ葉大食い大会、決勝戦……開始ィィ――ッ！』

振り下ろすと同時に銅鑼の音がジャァアンと響いた。そして、それと同じタイミングで。

「オヤジぃ……オレも、もう限界……っ」

がくりと、食い倒れ親子の息子、ダオレが卒倒した。

チッ、とクーイが舌打ちする。

「情けない。この程度で音《ね》をあげるとは……」

息子を心配するどころか蔑《さげす》むクーイに、チョウチョウがムッと唇を尖《とが》らせる。

「ちょっと。そんな言い方ってないんじゃないの？」

「敗者を労《いたわ》れとでも？　たとえ我が子であろうと、食の細い者に食卓に着く権利などない。所詮、食事とはひとり孤独に味わうもの。我が勝利に貢献するは、我が胃袋のみよ！」

そう宣言して、クーイが飲むような勢いでぜんざいを口の中に流し込んでいく。

「やな感じ……ま、ひとりで食べるってんなら、あちしらの敵じゃないけど」

ねー？　と、チョウチョウがチョウジの肩に触れたとき。

「や、野菜が喉《のど》に貼りついて……息が……でき……」

ダオレのみならず、チョウジまでも椅子ごと後ろにひっくり返った。

「は!?　パパ!?」

「――!?　チョウジ！」

チョウチョウとシカマルが叫ぶ。その声をかき消すように、クーイの笑い声が重《かさ》なる。

「ガハハハッ！　やはりお前の時代は既に終わっていたようだな。大人《おとな》しく身《み》の丈《たけ》にあった食事に甘んじていればいいものを――」

勝利を確信して饒舌《じょうぜつ》をふるうクーイだったが、不意にその口が止まった。

「いいものを――もの――ぶぉぼろ……」

ごぷりと……

クーイの口から、白くてモチモチしたものが溢れ出した。

◎◎◎◎◎

関係者用テントの陰《かげ》で、ひとりほくそ笑んでいる者がいた。

あんころ堂の老婆店主だ。

「ヒヒヒ……ざまぁみさらせ」

老婆店主の指は複雑に絡《から》み合《あ》い、不思議な印《いん》を結んでいた。

「ワシをお嘗《な》めでないよ。今でこそ甘味処《かんみどころ》を経営するしがない婆《ばば》じゃが、昔は『甘味《かんみ》の姫《ひめ》』を名乗る凄腕《すごうで》のくノ一だったんじゃから」

まぁ、その肩書きで呼ばれたことは一度もないが……と虚《むな》しそうに続ける。

「あの白玉に混ぜた特殊な砂糖は、ワシの土遁《どとん》で巨大化する代物《しろもの》じゃ。秋道チョウジめを潰すつもりじゃったが……まさか一足先に自滅するとはのう。まあいい。誰であろうと賞品は渡さんぞ。完食できぬ量まで白玉が膨《ふく》らめば、優勝もクソもあるまい！」

ヒヒヒ……と笑う老婆店主だが、ふと、小首を傾げた。

「はて、そういえば……土遁なんぞ数十年ぶりに使ったが……巨大化はどうやって止めるんじゃったかの……？」

◎　◎　◎　◎　◎

計三十の膳から溢れ出た無数の白玉は、すべて見上げるほどの大きさまで膨れ上がり、テーブルとテントを破壊するのみならず、観客席をも呑み込もうとしていた。

「木ノ葉旋風《せんぷう》！」

観客の母娘《おやこ》に迫っていた巨大な白玉を、メタル・リーが回《まわ》し蹴《げ》りで浮かせ、

「木ノ葉大旋風!!」

ロック・リーがグラウンドの中央へと蹴り落とす。が――

「くっ！　モチモチと弾《はず》むばかりで……キリがない！」

一方、別の場所では。

「忍法、超獣偽画《ちょうじゅうぎが》！」

墨《すみ》で描かれた大型の獅子《しし》と、カラフルな小型の獅子の群れが白玉に殺到していく。かろうじて流れを塞《せ》き止《と》めはするものの、その多くは白玉に押《お》し潰《つぶ》され、染《し》みと消えた。

「父さん、いつもより筆に勢いがなくない？」

「ちょっと食べすぎちゃったかな……いのじん、左だ！」

「わかってる！」

グラウンドから白玉を出すまいと奮闘するサイといのじんの対角で、地面に影が這《は》う。

「影縛《かげしば》りの術！」

シカダイの影が白玉の動きを止めるものの、ムクムクと膨らむのはどうしようもなく、彼は顔をしかめて後退《あとずさ》った。

「めんどくせぇ……父ちゃん、なんかいい案ねーのかよ！」

「今考えてるとこだ」

シカマルの影はいくつも枝分かれし、浮き出た先端が串団子《くしだんご》のように白玉を貫《つらぬ》いていた。

「こいつで止まっちゃあいるが……数が多すぎる。たしかにめんどくせーな」

彼が舌打ちしたとき。

演壇の前では、チョウチョウが巨大な両手で白玉を押し返しているところだった。

「食べ物のくせにあちしを食おうなんて……もち米から出直してこいっての！」

気合いを込めて踏ん張るが、白玉はモチッとして動かず――逆にチョウチョウの手がずぶずぶとめり込んでいった。

「え!?　なにこれ――うそでしょ!?」

チョウチョウが目を丸くする。と――眩《まばゆ》い雷光が奔《ほとばし》り、白玉をバヂヂッと感電させた。

伝わる衝撃で目の前がちらつくが、それが収《おさ》まると、白玉が硬化して手が離れるようになっていた。

「なにやってんだい……ったく」

「ママ！」

観客席から飛び降りてきたのか、カルイがすぐ隣に着地する。

「土遁が絡んでると踏んだけど、案《あん》の定《じょう》だね。雷遁《らいとん》なら任せな」

力こぶを作ってみせるカルイだが、すぐに周囲を見回し、

「ところで……パパは？」

「パパなら――」

言いかけて、チョウチョウはきょとんと固まった。

「……どこだっけ？」

◎　◎　◎　◎　◎

——思わず鼻の穴が広がりそうな、香ばしい脂の匂いがした。それにごま油と焦《こ》がしたニンニクの匂いも。たまらない。何度嗅《か》いでも飽きることのない、焼き肉の香りだ。

チョウジは閉じていた目をうっすらと開いた。

見慣れた『焼肉Q』のテーブルが目に入る。予想した通り、真ん中の網には何枚も肉が並び、ぷくぷくと脂の泡を浮かべていた。

そして、テーブルの向かいに誰かが座っているのも見えた。

「……アスマ先生？」

意図せず、その名が口をついた。そこが先生の定位置だったからかもしれないし、伝わった雰囲気が彼に似ていたからかもしれない。けれど……

「なにを言っとる、チョウジ」

そこにいたのは、亡き師ではなかった。

「父さん……」

秋道家先代当主、秋道チョウザだ。

「むっ……そろそろ頃合いだな。いい焼き加減だ」

父は焼き色の付いた肉を、焦《あせ》ることなく取り皿に移していった。

その手つきをぼんやり眺《なが》めながら、チョウジは言った。父さん――

「ボクにも……家族ができたよ」

父はフッと笑った。なに当たり前のことを言っている。そう言いたげに。

チョウジは焦げが残った網に視線を落とし、言葉を続けた。

「父さんに会えたら、色々話そうと思ってたんだ。チョウチョウのこととか、カルイのことも。さっきまで家族揃って大食い大会に参加してたんだよ。どうしてボクがここにいるのかは……思い出せないけど」

目を閉じて、父は黙々と肉を口に運んでいた。時折浮かべる笑顔は味に満足したのか、息子に向けたものなのか――それはわからないが。

「……父さん」

嚙《か》み締《し》めるように、チョウジが言う。

「ボクの魅力って……なんなのかな?」

最後の一口を終えて、父がとんっ……と箸を置いた。

細めた目を、しっかりとこちらに向けて、

「お前は、誰よりも優しいやつだ」

「それは普通だって……チョウチョウに言われた」

「普通のどこが悪い？　ひとつも取《と》り柄《え》のないやつなんてごまんといるぞ」

父は、声に出して笑った。

「子供の頃、アスマにも言われただろう。もっと自分に自信を持て」

テーブルに食事の代金を置き、父が窮屈《きゆうくつ》そうに腰を上げる。

そのまま父は立ち去ろうとした。どこか遠くに。

「父さん？　待ってよ！　まだ話したいことがたくさん――」

「……ひとつ気になったんだが」

困惑の眼差しで、父が見下ろしてくる。

「わし、生きてるからな？」

「…………」

ぱちぱちと、チョウジは目を瞬《しばた》かせた。

「え。わかってるけど。なかなか実家に帰れないから、会ったら色々話したいなって……どうしたの、急に」

「いや、なんとなく……本当になんとなくだが……お前の物言いが久しぶりに再会した故人に向けたものに思えてな……わし、生きてるからな?」

二回言われた。

「大食い大会のことだって知っとるとも。本当はわしも参加したかったんだ。息子とペアを組み、親子でな」

こちらを指差して、父はにんまりと頬を盛り上げた。

「代わりにこうして同じメニューを食べ歩き、自分を慰《なぐさ》めとる。次はラーメン一楽の大会限定仕様ラーメンと、雷バーガーの『雷神の裁き』をいただく予定だが……」

「『雷神の裁き』はやめといたほうがいいと思うけどなぁ」

「そうか? まぁ、ひとりで食う飯《めし》はつまらんからな。やはり飯はみんなで食わんと」

「焼き肉、ひとりで平らげたのに……」

「そういう意味じゃない」

チョウザがくつくつと笑う。意味がわからず、困惑するチョウジだったが――

「……あっ」

呆然《ぼうぜん》と声を発した。数日前、なぜカルイがあんなにも怒ったのか。ようやくわかった気がしたのだ。

「まぁ、また落ち着いたら実家に顔を出しなさい。母さんも喜ぶから。わしらも孫と一緒に飯を食いたいんだ」

こくりと、チョウジは頷き返した。父もまた満足そうに頷き、出口に向かうが、

「ああ、それと」

思い直しでもしたのか、父が振り向いた。

「お前の魅力は、なにも優しいだけじゃないぞ。とっくに自分で気づいていると思っていたが……忘れているようじゃ世話ないな。お前は――……」

――それはひょっとしたら、走馬灯《そうまとう》というやつだったのかもしれない。臨死の際に見るという。あるいは、ただの夢か。

いずれにせよ――

秋道チョウジに、もう迷いはなかった。

◎　◎　◎　◎　◎

「どど、どうしよう！　パパ、まだあそこにいんのかも！」

チョウチョウが指差したのは、巨大な白玉が密集している地帯だった。

カルイが舌打ちする。

「だから馬鹿な真似は程ほどにしとけって言ったのに……未亡人なんて肩書き、アタシはご免だからね！」

なんの策も立てず、カルイが突っ込もうとしたとき。

密集した白玉の中央がもこもこと膨れ上がり――噴火する火山のように、そこから巨大な影が突き出てきた。頭だ。続けて肩、胸と、巨体の全貌《ぜんぼう》が露《あら》わになっていく。

「あれって――パパぁ!?」

高層ビルほどに巨大化したチョウジが、自重を支《ささ》えようと足を開く。

浮かせた足を地面につける。ただそれだけで大地が震え、全身に纏《まと》わりついていた白玉が水滴のようにこぼれ落ちた。

チョウジは鋭い目つきで地上を睥睨《へいげい》すると、すぐさま白玉をむんずと掴み、一口で頬張《ほおば》った。続けてもうひとつ、さらにもうひとつと――グラウンドを埋め尽くそうとしていた白玉の群れが、チョウジの胃の中に消えていく。

「無茶すんな、チョウジ！」

どこからか、シカマルの叫び声。

「どこまで膨らむか知れねぇんだ！　胃が破けるぞ！」

シカマルの言葉通り、すべての白玉を食べ尽くしたチョウジの腹が、モコモコと蠕動《ぜんどう》しはじめた。チョウチョウが息を呑む。

が、次の瞬間。

「ひとりで食べちゃって……」

バサァ――と、上空に天色《あまいろ》の蝶《ちょう》の翅《はね》が広がり。

「ゴメンよぉぉ――――っ!!」

チョウジの大声があたり一帯に響き渡った。まるでその翅にカロリーを吸われるかのように、チョウジのたるんでいた肉体が引き締まっていく。膨大《ぼうだい》なカロリーを消費したためか、肉体の変化が治まる頃には胃の中の白玉もすっかり消化されていた。

翅を透《す》かして降《ふ》り注《そそ》ぐ、薄青色の日光を浴びながら、

「……ひとりで食べちゃって……って」

チョウチョウが空を見上げ、言った。

「白玉のこと……？　あんなん食べられるの、パパだけじゃん」

「……そういう意味じゃなさそうだけどな」

ひとりだけ事態を把握《はあく》したように、くすりと、カルイは微笑んだ。

◎◎◎◎◎

『木ノ葉大食い大会、今年の優勝者はぁ…………秋道親子ォォ――ッ！』

クラッカーの弾ける音がして、大量の紙吹雪《かみふぶき》が表彰台に舞った。チョウチョウと、スリムになったチョウジが照れ臭そうに頭を下げる。

「もう少しで大惨事《だいさんじ》だったっていうのに……大会、続いてたんだね」

表彰台を遠巻きにして、いのじんが呆れた様子でぼやいた。

「色々ぶっ壊れたけど、怪我人《けがにん》は出なかったしな。いいんじゃね。犯人のババアもこってり絞《しぼ》られたみてェだし」

頭の後ろで手を組み、シカダイ。その隣で、メタル・リーがこくこくと頷く。

「シカダイくんのお父さん、怒ると結構怖《こわ》いんですね」

「婆さんに説教なんてしたかねーが……一応立場ってもんがあるしな。大人は色々めんどくせーんだよ」

肩をすくめるシカマルに、サイが苦笑する。

「本来なら警務部《けいむぶ》に報告すべき案件だけどね。多少は刑罰があってもいいと思うけど」

びしっ、とロック・リーが手のひらを向けた。

「いえ。それには及びません。あんころ堂さんには十分すぎる罰が待っていますから」

「うむ。ぜんざい白玉無限盛り……それも、あの秋道チョウジの胃袋を相手にするのだから、たまったものではあるまい」

「優勝者への配慮とあんころ堂への罰を同時にこなすなんて、なかなか粋《いき》な采配《さいはい》すんね」

食い倒れ親子がガハハ！　と大笑する。なぜお前らまでここにいる、という周囲の視線を浴びながら。

「ママー、記念撮影してくれるってよー。せっかくだし一緒にどーよ？」

表彰台では、チョウチョウがカルイに呼びかけていた。

「ハァ？　アタシ？　なんで。なんもしてねーけど」

そう言いつつ、カルイが歩《あゆ》み寄《よ》ってくる。

「ママはあちしのママじゃん。他に理由なんていらないっしょ」

「そうそう。ボクの奥さんだしね。理由なんてそれで十分だよ」

ふたりの説明に納得したのかしていないのか、カルイは首を傾げていたが。それ以上反論することなく、チョウチョウの隣に並ぶ。

「で、このあとどうする？　早速無限に白玉盛っちゃう？」

チョウチョウが、にんまりと笑った。

「さっき白玉に潰されかけたとこだってのに……ふつートラウマになるもんじゃねーの。二度と白玉なんて見たくないってぐらいの。なのにもう食べるって……スゲーな……」

感心するカルイだが、一方、チョウジは難しい顔でうなっていた。

「パパは流石に食べ飽きちゃった感じ？　そりゃまー、あんだけもりもり食べればね」

「ん？　いやいや、そうじゃなくって……」

すっかりへこんだお腹を、チョウジはさすった。

「甘いものを食べたあとだから、ちょっと違う味を挟みたくて……ポテチのコンソメ味、買ってから向かうってのはどう？」

「結局食うのかよ!?」

カルイが大声で叫ぶと同時に——

パシャリと、カメラのシャッターが切られた。そのフレームには〝愛想を尽かす〟などという言葉とは無縁の——楽しそうな親子の姿が収まっていた。

幕間三　シノせんせいと！　おやこ！

たったひとりでも『親子の日』は楽しめる。いや、むしろひとりだからこそ楽しめる。

雑踏《ざっとう》の中を歩くシノの手には、袋があった。

『親子の日』限定の親子丼《おやこどん》だ。

親子で食べることを想定した商品らしく、ボリュームは通常の二倍。だが、ひとりならそのボリュームを存分に楽しむことができる。

朝からなんだかんだと買い食いを続けているため、既《すで》に腹はパンパンだったが、屋台でこの親子丼と出会い、つい購入《こうにゅう》してしまった。また雰囲気に流されてしまったわけだ。

きっと明日《あした》の朝食どころか、お弁当にも詰《つ》めることになるだろうが――このお得感は、シノの心を十分にうきうきさせていた。

(食べ物でうきうきするなんて、いつぶりだろうな)

これではまるで秋道《あきみち》チョウジだ。そう自嘲《じちょう》したとき。

「いやぁ、もうお腹《なか》ペコペコだよ」

当のチョウジの声がした。

「おまっちー」

かつての生徒、チョウチョウの声も。

甘味処《かんみどころ》『あんころ堂《どう》』の店先からだった。いったいなにがあったのか、チョウジの体型が久しぶりにシュッとしている。

「遅《お》っせェ……」

店先に出ているテーブルには、チョウジの奥さん、カルイの姿があった。

「すぐに来ると思ったら……マジでポテチ買いにいってたのかよ……」

配膳《はいぜん》されていた椀《わん》をカルイが押しやり、チョウジたちの前に滑《すべ》らせる。

「うわあ、美味《うま》そぉ――っ！」

「やっぱポテチを食べたあとは甘いものでメ《しめ》ないとね！」

チョウジとチョウチョウが椀の中身を見て歓声《かんせい》をあげた。つやつやの白玉《しらたま》が浮かぶぜんざいだ。

「ふたりともよく食えんな……こっちは見てただけで腹一杯だってのに」

「パパは白玉がっついてたけど、あちしはまだぜんざい食べてないしぃ。ママが食べないっつーんなら、あちしがもらっちゃうけど？」

「いや、食うけど」

カルイが苦笑する。

シノはその光景を微笑《ほほえ》ましく見ていた。

彼女も保護者のひとりではあるのだが、チョウチョウに関するイベントはチョウジが率《そっ》先《せん》して参加していたため、シノと話す機会は今までなかった。

カルイについてシノが知っているのは、妙な噂《うわさ》ぐらいだ。

曰《いわ》く、まだ火影《ほかげ》になる前のナルトとタイマンを張り、ボコボコにしたとか。それも、かすり傷ひとつ負《お》わずに。

真偽《しんぎ》はともかく、せっかくだし挨拶《あいさつ》しておくかと、シノはテーブルに近づこうとしたが

テーブルから漂《ただよ》ってくるのは、甘いぜんざいの匂《にお》いだけではなかった。

口一杯に白玉を頬張《ほおば》るチョウジ。

母親の椀から白玉をくすねるチョウチョウ。

それを見咎《みとが》め、代わりにぜんざいそのものを奪うカルイ。

楽しそうな雰囲気が漂い、伝わってくる。

「…………」

シノは足を止めた。

チョウジたちの団欒《だんらん》に水を差したくはなかった。そして、同時に理解もしていた。

『親子の日』はひとりで楽しむものではない。あれこそが、本来の『親子の日』の過ごし方なのだと。

（家族……いや）

シノは手にした袋に視線を落とした。

（親子、か）

親子向け、大ボリュームの親子丼。自分ひとりではとても食べきれない量の。

「……たまにはオヤジの顔でも見に帰るか」

シノは踵《きびす》を返し、実家に向かって歩きはじめた。

NARUTO SHINDEN

第四章

父と娘、冷めた炎と滾《たぎ》る火

著《いちじる》しく発展した木ノ葉隠《こはがく》れの里。

ざわざわと人通りの絶《た》えない往来の中で、かつての風景を思い出そうとして。

それが困難であることを、うちはサスケは認めた。

理由をつけるのは簡単だ。時代が変わった。街並《まちな》みが変わった。長く里から離れすぎていた——建前《たてまえ》ならいくらでも並べられる。

けれどそもそも。

里で過ごした少年時代。景色など見ていただろうか。

幼い頃はどこに目を向けても、視線の先には兄の——うちはイタチの背中があった。

イタチが里を去ってからは、目にするものすべてが兄を想起させた。

公園の看板は兄の言葉を。

群《むら》がる街路樹は兄の姿を。

湖面に映る影は兄の顔を。

塀《へいし》の染みは兄の眼差《まなざ》しを。

景色など見ていなかった。それらを介《かい》してイタチを見ていたのだから。

これでは思い出せないのも道理だ。イタチの真意を知りもせず、復讐に囚《とら》われていた自分に、浸《ひた》るべき郷愁《きょうしゅう》などあるわけがない。

……いや。

サスケはすぐに自《みずか》らの思いを否定した。

どこからか懐《なつ》かしい香りがしたのだ。真新《まあたら》しい木材の香り。

それが鼻先をくすぐり、思い出す。

これは、うちはの家で使われていた壁材の香りだ。

その香りに触発され、ふと、両親が生きていた頃の光景が脳裏《のうり》に浮かんだ。

台所に立つ母。

卓袱台《ちゃぶだい》の前で腕組みし、瞑目《めいもく》する父。

そして、そんな父の顔色を窺《うかが》う、幼少期の自分。

どうやら自分にも郷愁が残っていたらしいと、今度こそ自嘲《じちょう》する。

そうだ。イタチを見ていたのは自分だけではない。父もイタチしか見ていなかった。その目を自分に向けてもらおうと、必死になった時期もあったはずだ。

古い記憶の中で、まだあどけなさの残るガキが、父の気を惹《ひ》こうと口を開く。

『父さん……家はどこにあるの？』

…………

……家はどこにあるの？

反芻《はんすう》してみるがしっくりこなかった。果たして、自分はそんなことを訊《たず》ねたのだったか。

違うな、とすぐさま自問自答する。これは今の自分が抱《かか》えている疑問だ。

物思いを断《た》ち切《き》り、サスケは独《ひと》りごちた。

「……家はどこだ？」

久しぶりの帰郷を果たし、妻と娘がいる家を目指《めざ》したはずが、なぜか、目の前にはただの空《あ》き地《ち》が広がっていた。隅《すみ》には建築資材が山と積まれている。先ほどの木材の香りはあそこから漂《ただよ》ってきたようだが、ともかく。

家がない。

サスケは懐《ふところ》からボロボロの紙片を取り出した。数年前、任務報告の返信に書《か》き添《そ》えられていた住所だ。妻、サクラの『家、建てちゃいました』という言伝《ことづて》も書かれている。もう一度確認してみるが、この場所で間違いなかった。

にもかかわらず、家がない。

原因を模索《もさく》して、サスケはひとつの可能性に思い当たった。

何者かによる、幻術《げんじゅつ》。

悪ふざけか、それとももっとはっきりとした悪意か。

誰の仕業《しわざ》か心当たりはなかったが、それは〝心当たりが多すぎてわからない〟という意味だ。くだらない連中の恨《うら》みなら数え切れないほど買ってきた。左目に宿る輪廻眼《りんねがん》を狙《ねら》う輩《やから》も数多《あまた》いる。それがなかなか木ノ葉に帰れない理由のひとつでもあるのだが──そういった連中の誰かが幻術で家を隠したということはないだろうか。

一考してみて……サスケはかぶりを振った。

写輪眼《しゃりんがん》で確かめるまでもない。幻術の痕跡《こんせき》は一切《いっさい》感じられなかった。ただただこざっぱりしているだけだ。

つまり、家がない。

「…………」

なんとはなしにサスケは空を見上げた。

鷹《たか》が二羽、上空を旋回《せんかい》していた。つがいか、それとも親子か。

なんら煩《わずら》うことなく、悠々《ゆうゆう》と気持ちよさそうに。

と。

「パパ？」

後ろから声。

振り返ると娘のサラダがいた。

真《ま》っ赤《か》なフレームの眼鏡《めがね》の奥で、サラダの目が丸くなる。

「……パパだ」

ぽかんとしていたのは一瞬だ。サラダは頬《ほお》を緩《ゆる》ませ、跳《は》ねるように間《ま》を詰《つ》めてきた。

胸の前で両手を握《にぎ》り締《し》め、まじまじと見上げてくる。

「帰ってきてたの？　いつ？」

「たまたま里の近くまで来てな。ついさっきだ」

「そうなんだ」

サラダは目を細めて笑うと、周囲を見やり、行《い》き交《か》う人々を示してみせた。

「パパ、人が大勢いる場所に来るの久しぶりだよね。びっくりしたんじゃない？」

うちはを騙《かた》ったシンの一件で帰郷して以来、さほど間も空《あ》いていないため、特に驚きはしなかったが……サラダの期待するような眼差しを受けて、

「ああ」

サスケは頷《うなず》くことにした。

「やっぱり？　特に今日《きょう》はお祭りみたいなもんだからさ。みんなはしゃいでんだよね」

「祭り？」

「七代目が休日に名前を付けたの。親子の日、だって」

『親子の日』の〈親子〉の部分でサラダの声が弾《はず》む。

「親子で競《きそ》うイベントもやってるみたい。手裏剣《しゆりけん》の的当《まとあ》てとか、クナイの早磨《はやみが》きとか。大食い大会なんかもあったっけ……ねえ、どこか寄ってみる？」

大食いは嫌《いや》だけどね……そう言って、サラダは相好《そうごう》を崩《くず》した。

彼女も御多分《ごたぶん》に洩《も》れず、祭りの雰囲気にはしゃいでいるようだった。あるいは、予期していなかった父親との再会がそうさせるのか。

「…………」

サスケはすぐには答えず、コロコロと変わる娘の笑顔を見つめていた。

やがて、彼女の表情が微笑に落ち着いた頃。

サスケは後ろの空き地を指差し、

「そんなことより――」

先ほどからの疑問に答えを求めた。

「家はどこに消えたんだ？」

「……え？」

サラダの微笑が、半笑いのようなぎこちないものに変わる。

彼女は空き地と父親の顔を交互に見つめた。

「パパ……なにその冗談。つまんないよ」

「……？　冗談？」

「あ……本気なんだ……」

顔から糸でも抜けたように、スッ——と、サラダの表情が真顔《まがお》に戻る。

「たしかにここが家だったけど……ママが壊しちゃったから今は再建中。完成するまではマンションが仮住まい……っていうか、そこで一緒に晩ご飯食べたよね？　なんで忘れてんの？」

「…………」

静寂《せいじゃく》の中、上空の鷹がキィーと鳴いて飛び去っていった。それぞれ別の方向に。

「あれは……違う場所だったか」

「……ハァ」

サラダが眉間《みけん》を押さえ、深々と嘆息《たんそく》した。

「もういい。マンションまで案内するからついてきて」

返事を待たず、サラダが踵《きびす》を返して歩きはじめる。

サスケは空き地を一瞥《いちべつ》すると、黙って娘のあとに続いた。

「要はそれだけ家に帰ってないってことだからね。外でなにしてるのか全然教えてくれないし」

屋台が並ぶ通りを歩く。黄色、赤、緑――派手な色の幟《のぼり》がはためき、バナナやリンゴ、トマトといった食べ物を模《も》した風船がそよいでいた。誰しも楽しそうにしているが娘は例外らしく、ちくちくと不満の矛先《ほこさき》を突きつけてくる。

それにはどうとも反論せず。

サスケは目の前で不機嫌《ふきげん》に揺れる肩を見下ろし、言った。

「飴《あめ》でも買ってやろうか」

「いらない」

「リンゴ飴だ。赤いぞ」

「なにその色推《お》し」

「赤は嫌いか？　てっきり好きな色かと思ったが」

娘の服装を見て、サスケの出した結論がそれだった。

「まあ……別に嫌いじゃないけど……」

「ならトマトはどうだ。さっき冷《ひ》やしトマトの屋台が――」

「私、トマトは大っ嫌い」

「……そうか」

継《つ》ぐ言葉を失い、サスケは黙り込んだ。

不器用な沈黙を連れてそのまま歩き続けるかと思われたが、不意にサラダの足が止まった。

「どうした？」

サスケが訊ねたとき。

「『きゅうびの！　クラーマ』って置いてねーかな!?」

懐かしい声が耳に飛び込んできた。ナルトの声だ。

「――そっか。んじゃ、また頼むってばよ！」

声がしたほうに目を向けると、二十四時間営業のよろず屋からナルトが飛び出してくるところだった。背中におぶっている女の子は……娘か。父親の背中できゃっきゃとはしゃぎ、楽しそうに笑っていた。

ナルトはこちらには気づかなかったようで、続けて別の店に突撃していった。

そこでも同じことを叫び、また別の店に――

「なにをやっているんだ、あのウスラトンカチは……」

呆《あき》れるサスケだが、それと同時に気づく。同じ方向を、サラダも見つめていることに。

眼鏡のレンズにぼんやりと反射する、仲睦《なかむつ》まじい親子の姿。

それはサスケの脳裏に、再《ふたた》び郷愁を呼び起こした。

『へへへ……』

『足首ひねった奴《やつ》が何笑ってる？　もしかして……楽しようとしてるだけじゃないのか？』

『違うよ！』

イタチに背負《せお》われた日の記憶。

背中を通して語り合った、幼き日の思い出。

『兄さん。また今度一緒に修業してくれる？』

『ああ……。ただ、オレも任務を受ける身だし、お前も明日《あす》から忍者学校《アカデミー》だろ。二人だけの時間もそう取れなくなるだろうけどな』

『……それでもいい……』

——たまに一緒にいてくれれば。

そうつぶやいて顔を上げたとき、思わず笑《え》みがこぼれたのを覚えている。

視線の高さがイタチと揃《そろ》っていたのだ。そのことがたまらなく嬉《うれ》しかった。遠い存在だった兄と、同じ世界を見ているようで……

「………」

サスケは浅く笑むと、意識をサラダに戻した。

娘はまだナルト親子を見つめていた。どことなく羨望《せんぼう》を含んだ眼差しで。

「おんぶ……か」

サスケは娘の肩にそっと触れた。

「えっ？　なに？」

当惑《とうわく》するサラダに背中を向け、腰を落とす。

ナルト親子に向けられた羨《うらや》ましそうな視線から、サスケは今日、はじめて娘の気持ちを読み取ることができた。

リンゴ飴でもトマトでもない。娘は今、これを望んでいるのだと。

ところが。

いつまで経《た》っても、背中にはなんの重みもかからなかった。

「…………？」

怪訝《けげん》に振り返ると、サラダと目が合った。冷《さ》めた目でこちらを見下ろしている。

サラダは一言《ひとこと》も発することなく、しゃがんだ父親をやや遠回りに迂回《うかい》して、立ち去っていった。

娘の姿が雑踏《ざっとう》の彼方《かなた》に消えると、残されたサスケは腰を上げ——

ほんの少しだけ、首を傾《かし》げた。

◎◎◎◎◎

子供の頃に歩いた道は大きな川になり、アーチ状の橋が架《か》かっていた。

あるいは、そもそもここは昔から川で、別の道と勘違《かんちが》いしているのかもしれないが。家の場所をすっかり忘れていたように。

サスケは火影岩《ほかげいわ》の方向に目をやり、その後方に建ち並ぶ高層ビル群を確認した。

娘のあとを追わなくても、あの辺を目指せばマンションに辿《たど》り着《つ》けるだろう。ざっくりと、そう見越して。

どうせ向かうなら、かつて歩いた道をもう一度――などと思ったわけではない。喧騒《けんそう》を避け、人通りのない裏路地を選んでいたらたまたま川に出た。それだけだ。

橋を進む。

橋の傾斜は急勾配《きゆうこうばい》で、渡るというより登るといったほうがよさそうな形状だった。

やがて稜線《りようせん》が開けるように橋の向こう側が見えてくると、サスケは目をすがめた。

橋の上で男が腰を屈《かが》めていたのだ。

立ちくらみで動けず、座り込んだ……その可能性を考えるが、どうも違う。

男は兎跳《うさぎと》びのような姿勢で、まるで誰かを背負おうと待《ま》ち構《かま》えているように見えた。

「…………」

サスケは男を無視して、やや遠回りに迂回した。娘が自分をそうしたように。

そのまま離れようとすると、

「やれやれ……」

男がすっくと立ち上がり、ぼやいた。

「人の親切は素直《すなお》に受け取るべきだと思うけど」

「それのどこが親切だ」

サスケは肩越しに振り返り、男を――はたけカカシを睨《にら》みつけた。

「あのねえ。いい歳《とし》したおじさんがおんぶしてあげようってんだよ？　親切心以外の何物でもないでしょ」

六代目火影、はたけカカシ。

久々の再会だが、昔とちっとも変わっていない。額当《ひたいあ》てで左目を隠すのをやめたぐらいで、方々に伸びた銀髪も、気合いの抜けた顔付きもそのままだ。

「ま、実際におぶる羽目《はめ》になったら全力で逃げたけどね。端《はた》から見ると凄《すご》い光景だからな。おじさん同士のおんぶ」

キモくてキツいんだぁ……などとのたまうカカシを、サスケはじっと見定《みさだ》めた。

「こんなところでなにをしている」

「うん？　いやね、たまたま目についたもんだから」

カカシがハハッと快活に笑う。

「娘におんぶをスルーされた可哀想《かわいそう》なパパの姿が。それでちょっとからかいに……冗談だって。そんな冷たい目で睨むなよ」

「……フン」

サスケが鼻を鳴らすと、カカシは短く息をついた。

「久しぶりの再会だってのに随分《ずいぶん》な挨拶《あいさつ》じゃないの。もっとなんかないの？　互いの息災《そくさい》を喜び合う儀式みたいな——」

適当な言葉を探すように、カカシが指を振る。

「——んー……ハイタッチとか」

「必要ない」

掲《かか》げられた手のひらを無視して、サスケは足を進めた。

そのまま立ち去るつもりだったのだが、カカシに肩を押《お》し留《とど》められ、やむなく振り向く。

「なんだ。まだ用があるのか？」

「まぁ、待ちなさいっての。お前はあれだね。ひとり旅をしてるせいか、無愛想に磨きがかかってるよね。ちゃんと人と喋《しゃべ》ってる？」

「会話ならしている」

「誰と？」

サスケは無表情でカカシを見返し、そして黙った。

沈思《ちんし》黙考《もっこう》の末に答えが出てくるまで、僅《わず》かに時間を経《へ》て。

「アオダと」

「蛇《へび》でしょ、それ。『人と』って言わなかったっけ」

「最近、曾孫《ひまご》のほうが長くなったらしい。嬉しそうに語っていた」

「あ、そうなの……」

蛇の話に興味が湧《わ》かないのか、カカシの目が虚《うつ》ろになる。

が、すぐに意気を取り戻し、

「その様子《ようす》だと、娘と上手《うま》くいかないのも当然って気がするけどね」

当《あ》て擦《こす》るように言ってきた。

ぴくりと、サスケの眉間にしわが寄る。

「どういう意味だ」

「言葉の通り。結構遠くのほうからキミらを見かけたけど、それでも伝わってきたから。ぎこちなぁい雰囲気が」

「アンタの気のせいだろ。サラダとはなんの問題もない」

「ご機嫌取りに飴を買おうとしてたのに？」

細《こま》かいところまでよく見ている。サスケは返事をせずに、代わりに舌打ちを返した。

「ま、とてもじゃないけど立派なパパとは呼べないよね。よければ相談にのってやるけど。どうする？」

「余計なお世話だ」

刺々《とげとげ》しく、サスケは吐き捨てた。

「そう言うなって……ああ、オレの手を煩わせるのが気になるってんなら、心配ご無用。もう火影の座も後任に譲《ゆず》った身だし、時間ならあり余ってるわけ」

「……それが本音《ほんね》じゃないのか？」

暇なだけだろ……そう切り込むと、

「いやぁー、バレたか」

カカシは臆面《おくめん》もなく、後頭部をさすってみせた。

それが本意かどうか見極《みきわ》める前に、指先をぴっとこちらに突きつけてくる。

「けどま、よーく思い出してみなさいって。キミになにかを教えられる人間なんて、そうはいないでしょ」

「そうだな。イタチと……あのウスラトンカチぐらいだ」

即答すると、カカシは「えっ？　あー、うん」ともごもご口を動かした。

「そうだね。それに──」

「火遁《かとん》は父から教わった」

「うんうん。それと──」

「あとは大蛇丸《オロチまる》か」

「そこ？」

「アイツの場合、教えられたというより奪い取ったというほうが正しいが……」

「千鳥《ちどり》は？　ねェ？　千鳥のこともそろそろ思い出してくれない？」

「……そもそも、アンタ未婚じゃなかったか。相談にのれるとは思えないが」

千鳥の件を流されたせいか、カカシは半眼の目をさらに細めていたが。

崩した表情を戻し、彼は言った。

「たしかに子を持つ親の苦労……なんて言われてもピンと来ないけどね。その代わり……オレにはとっておきがあるから」

もったいぶって、カカシが一冊の本を取り出す。

「それは……」

いったいどれほど読み続ければそうなるのか。

日に当たる部分はすべて真っ白に焼け、片手でページを開いたときの指の形に添って黒ずんだ跡《あと》が残っている。まるで手形のように。傍目《はため》にはただの年代物の古書にしか見えないが……

「イチャイチャタクティクス」

軽い気持ちでタイトルを口にするのは失礼。まるでそう言わんばかりに、カカシの声が真剣味を帯《お》びた。

「オレの愛読書であり……今や人生の指南書とも呼べる存在だ」

熱弁するカカシに対して、

「くだらん」

サスケの声は白《しら》けていた。

一言で否定されたのが気に入らないのか、カカシは「くだらなくはないぞ！」と珍しく声を荒《あら》らげ、反論してきた。

「要は娘と仲良くなりたいんでしょーが。そーいうのをイチャイチャっていうんだよ」

「……そういうものか？」

「そーいうもんだ。てことで、今からお前にイチャイチャの極意《ごくい》を伝える。いいか、まずはだな――」

◎　◎　◎　◎　◎

カカシと別れ、再び人でごった返す屋台通りに戻り。

サスケはあたりに視線を巡《めぐ》らせた。

目まぐるしく行き交う人の中、特定の顔を探すのは難しいかと思われたが……探し人はなんなく見つかった。

「あっ、いた！」

窮屈《きゆうくつ》そうに人混《ひとご》みをかき分け、赤い服の少女が抜け出てくる。サラダだ。

通行人にぶつかりでもしたのか、眼鏡が斜めに傾いていた。それを直しながら、不機嫌そうに目の前まで歩いてくる。

「ったく、もう……勝手にいなくなんないでよね！　子供じゃないんだから」

両手を腰にあてがい、サラダは深々と嘆息した。

「ま、黙って行っちゃった私も悪いんだけどさ」

「…………」

サラダは、父親がなんの反応も示さないことを不思議に思ったようだった。

「パパ？」

やはりその呼びかけにも応じずに。

きょとんとした娘の瞳《ひとみ》を見つめ返しながら、サスケはまったく別のことを考えていた。

カカシの言葉だ。

『距離を縮めるには、やっぱり呼び方をどうにかしないとな。親しみを込めた呼び方ってものがあるだろ？　ちゃん付けとかさ。〈兄貴〉と〈お兄ちゃん〉だったら後者のほうが親しみやすく感じられるわけだ。誰かちゃん付けで呼んだことあるか？　サクラとか——ないか。そうだよな……ま、今さら呼び方を変える必要はないけどね。それなら端《はな》っから可愛《かわい》らしい愛称で呼べばいいんだから。お前がナルトを呼ぶときの〈ウスラトンカチ〉とか、すごく親しみが込もっててオレはいいと思う……おい。なんでそんな嫌そうな顔するんだよ。とにかくだな、試しに娘のことをこう呼んでみろ——』

「ピーナッツ」

「……はぁ？」

なんの前触れもなくサスケがつぶやいた言葉に、サラダはしかめっ面《つら》を返した。

けれどサスケは意に介さず、続ける。

「お前はオレの可愛いピーナッツだ」

「なんで棒読みなの」

それは真似《まね》するようにとカカシが（赤面しながら）朗読した『イチャイチャタクティクス』の登場人物のセリフだったのだが、もちろん、彼女がそんなことを知る由《よし》もなく。

「私、豆じゃないいんだけど……」

カップルの片割れのセリフを引用しただけのため、当然会話は成立しなかった。

サスケはこの愛称に意味がないと知るや、すぐに頭から『ピーナッツ』の単語を追い払った。無駄《むだ》な時間を苦々《にがにが》しく思いながら、カカシに授《さず》けられた次の策に頭を向けたとき。

「ていうか……」

サラダの困惑顔《こんわくがお》が強張《こわば》ったものに変わった。

「ピーナッツって……パパさ、今日一回も私の名前呼んでないよね。もしかして、家の場所だけじゃなくて娘の名前も忘れちゃった？」

冗談めかした物言いとは裏腹に、サラダの目はちっとも笑っていなかった。

サスケもまたにこりともせず、抑揚《よくよう》のない口調で答える。

「なにを言っている。サラダだろ」

「へぇ。覚えてたんだ」

一応――そう言い添えて、サラダがそっぽを向く。

「…………」

サスケは羽織《はお》っていた外套《がいとう》を脱ぐと、サラダの肩にかけた。

「……なに？　別に寒くないけど」

「いいから着ていろ」

意味がわからなかったらしく、サラダは眉根《まゆね》を寄せていた。

これもカカシが『イチャイチャタクティクス』から引っぱってきた方法だった。男物の上着を肩にかけることで、女の子はきゅんとくるのだという。

ところが。

「あらまァ、可愛らしい」

どこからかクスクス笑いが聞こえ、サラダの肩がぴくりと跳ねた。

「本当。お父さんが着てるのを見て、自分も着てみたくなったのかしら」

「でも、ちょっとサイズが……ねぇ？」

通行人の囁《ささや》きに耳を傾けながら、サスケは娘を見下ろした。同時に、サラダも自分の体を見下ろしていた。

だぶついた裾《すそ》。崩れた肩。長身のサスケに合わせて仕立てられた外套は、まったくサラダの体格に合っておらず、ひどくみっともない恰好《かっこう》になっていた。

「…………」

サラダはなにも言わずに外套を脱ぐと、半《なか》ば投げ捨てるように、それを父親に突き返した。

サスケも抗することなく外套を受け取り、一瞥だけして娘に視線を戻す。

ゆらゆらとふらつく足取りで、サラダが先ほど抜け出たばかりの人波に向かっていく。

が、流れに呑《の》まれる寸前で立ち止まると、肩越しに振り返り。

「……なんか、今日のパパ……」

射《い》るような目を父親に向けて、吐き捨てた。

「うざいよ」

◎　◎　◎　◎　◎

「うざい、ねェ」

ハハハハと、カカシの能天気な笑い声が届く。

サスケは素知《そし》らぬ顔で無視を決め込み、橋の欄干《らんかん》に肘《ひじ》を預けて川の流れを見つめていた。

サラダに拒絶されたあと、そのままついていくのも気が引けて、なんとはなしに橋まで戻ってきたのだ。そこで待っていたのが、ニヤニヤ顔のカカシだった。

「いやぁ。親子だねー、キミら。どれだけぎこちなくってもさ。やっぱ親子だよ、うん」

カカシが背中から欄干にもたれかかり、こちらの顔を覗《のぞ》き込《こ》んでくる。こうなっては無視し続けるのも難しく、サスケは嘆息すると横目で彼を見やった。

「さっきの本……イチなんとか。まだ持ってるのか?」

「二文字ってお前……イチャイチャタクティクスね。もちろんあるけど、急にどしたの? ひょっとして……お前もとうとうイチャイチャタクティクスの良さに目覚めたか?」

新《あら》たな同志の誕生を予感したのか、にこやかにカカシが訊《き》き返《かえ》してくる。

サスケもまた即答した。

「よこせ。川に投げる」

「………」

本を取り出そうと懐に入れていた手を、カカシは寂《さび》しそうに戻した。

「手厳しいねェ。ま、イチャイチャタクティクスが書かれたのはあの子が生まれるより前のことだし、ちょっと古かったかな。もう少し上の世代ならイチコロだったんだけど」

ともあれ、とカカシが落胆《らくたん》のため息をつく。

「イチャイチャタクティクスの戦術《タクティクス》が通用しないとなると、残念ながら打つ手なしだ。なんにも思い浮かばないもの。オレも歳食ったもんだね」

「川に投げるべきは本じゃなく、カカシ……アンタだったか」

「違いない。お前も頭を冷やすべきだろうし、一緒に飛び込むか。海まで流れ着く頃には名案のひとつも浮かんでるでしょ」

殊勝《しゅしょう》なことを言いつつも実際に濡《ぬ》れるつもりはないらしく、カカシは瞑目《めいもく》してうぅん……とうなった。

「まぁ、どれだけ頭を捻《ひね》ったところで子供の……女の子の気持ちなんて、おじさんにわかるわけないよね。こーいうのは娘持ちのやつに聞くのが手っ取り早いんじゃない？　それこそ、ナルトとかさ」

それは匙《さじ》を投げる宣言ともとれたが。

サスケはかぶりを振った。

「アイツは無理だな。今は忙しそうだ」

「んー……たしかに最近のナルトはちょっと根《こん》を詰めすぎかもね。木ノ葉も成長したおかげでより多くの人が暮らせる里になった。オレが務《つと》めていた頃より火影の負担が増《ふ》えたってのもわかるんだけど……」

「いや。そういう意味じゃない」

くいっ、と親指を屋台通りのほうに向ける。

「さっき見かけたが、自分の娘と一緒に走り回っていた」

「ナルトが？」

よほど意外だったのか、カカシの目が大きく見開かれた。

「ああ。九尾《きゅうび》を捜しているようだったが……まさか、尾獣《びじゅう》を抜かれたのか？」

「それだと困ったことになるよねェ、ナルトのやつ」

「……そのわりには元気そうだったな」

カカシのみならず、サスケの頭上にも疑問符がひとつふたつと浮かび上がる。が、元気なら問題ないだろうと、傾げていた首を元に戻した。

「ナルトに相談できないとなると」

カカシがうつむき、顎《あご》に手を添える。

「他に娘がいる親は……紅《くれない》とか……いや――」

言いかけた言葉を自ら飲み込み、カカシは黒いマスクで覆《おお》った鼻をスンと鳴らした。

「お前に馴染《なじ》みのあるやつがもうひとりいたな」

カカシが橋の向こうを見やる。

サスケも同じ方向に目を向けると、親子連れであろうふたり組が橋を渡ろうとしているところだった。

父親のほうは両頬に渦巻《うずま》きマークが入った、シュッ、、、とした体型の男。どこかで見たような気もするが思い出せない――が、連れている娘には覚えがあった。オレンジ色の髪に褐《かっ》色《しょく》の肌《はだ》。サラダを連れてナルトが鉦峠《しころとうげ》に来た日、一緒にいた娘だ。

「ポテトチップスの匂《にお》いがしたんでもしやと思ったら、案《あん》の定《じょう》だ」

その親子が近づいてくるのを待つ間に、カカシが耳打ちしてきた。たしかにふたりともポテトチップスを食べている。それも、ふたりで一袋を分けるのではなく、ひとり一袋。

「あっ、六代目ェ！」

「と、サラダのパパ！」

向こうもこちらに気づき、声をあげた。

カカシが「やっ」と片手を上げてそれに応じる。

「ふたりとも親子の日を満喫中《まんきつちゅう》ってとこかな。悪いけど、それ一枚もらえる？」

「へ？　え……ええ。もちろん」

父親らしき人物がポテトチップスの袋をカカシに差し出した。

……いったいどこで見たのだったか。サスケは記憶を掘り起こし、その名を探った。それはとてつもなく困難な作業だったが――

「……思い出した」

サスケはどうにかやり遂《と》げた。

「秋道《あきみち》チョウジか。瘦《や》せているから気づかなかった。昔はもっとデ――」
ブ、と言いかけた口に、カカシがシュッ――となにか投げ入れてきた。
「…………」

ポテトチップスだ。

視線だけで問う。〝なんの真似だ？〟

カカシもまた視線だけで答えてきた。〝空気読もうか〟

言い返しかけたが、咥《くわ》えたままのポテトチップスが邪魔《じやま》をした。そのままでいるのも間《ま》が抜けているため、ひとまず咀嚼《そしやく》する。

「…………？」

言葉もなく交わされたやりとりに、チョウジの顔に困惑が浮かぶ。

場の雰囲気を誤魔化すように、カカシが空笑《そらわら》いした。

「ハハハハ……いやね？　こいつが娘と仲良くしたいって言うもんだからあれこれ考えてたんだけど、どうにも行き詰まっちゃってねェ。年頃の娘を持つパパさんママさんを捜してるときにキミらが来たってわけ」

チョウジは目を瞬《しばたた》かせていたが、すぐに納得した様子で「なるほど」と頷いた。

「娘と仲良く……ってことなら」

「一緒にポテチでも食えばいいんでない？」

パリポリとポテトチップスを食べ続けている娘に、チョウジが視線を落とす。

「そうだね。ポテチでもなんでも、とにかく美味《おい》しいものを一緒に食べればいいんじゃないかなァ」

チョウジもポテトチップスを頰張《ほおば》り、娘と笑顔を交わした。なんともよく似た笑顔だった。

カカシも笑みをたたえて頷き返すが、サスケに向き直るなり、一転して真顔に戻った。

「……だとさ」

サスケは肩をすくめた。美味《うま》いものを食えと言われても、サラダの嗜好《しこう》がわからない。トマト嫌いということぐらいだ。

「サラダちゃんのことなら、ボクらに相談するよりも」

言葉の合間にポテトチップスを口に運びながら、チョウジが言った。

「もっと相応《ふさわ》しい人がいると思うよ」

サスケは怪訝に眉をひそめ、カカシと目を見合わせた。

◎ ◎ ◎ ◎ ◎

その場所をチョウジから教えてもらい。

ひとりでドアの前に立つと、サスケはインターホンに指を伸ばした。

「はーい」

軽いチャイムの音に次《つ》いで、中から声が聞こえてくる。

さして待つことなくドアが開き、女が顔を覗かせた。

「あ……」

彼女はサスケを見るなりぼーっとして、そのせいで開いたドアがゆっくりと閉じていった――が、完全に閉まりきる前に再び開かれる。

今度はドアのストッパーが働くまで、目一杯。

けれど、開け放たれたドアから手を放すのも忘れ、彼女はサスケの顔を見つめていた。

しばらくして、ハッと手を放す。

彼女はもじもじと数歩下がり、玄関のスペースを空けた。

腰の後ろで手を組み、

「おかえり、アナタ」

彼女は——サクラは言った。

家の中へと吹き込む風が、桜色の髪を揺らした。

「ああ。ただいま」

久しぶりにその言葉を口にして、サスケはようやく帰宅を果たした。

「サラダから聞いて木ノ葉にいるのは知ってたんだけど、なかなか帰ってこないから……ちょっと心配しちゃった」

家の奥へと向かいながら、サクラが声を弾ませる。

「色々あってな」

まさか家の場所を忘れていたとも言えず、サスケは別の言葉を続けた。

「サラダも帰ってきてるのか？」

「一回帰ってきたんだけど、すぐに出かけちゃって。それも怒りながら。せっかく晩ご飯一緒に作ろうと思ったのに」

「……そうか」

サクラが台所に向かう一方、サスケは居間で足を止めた。飾《かざ》り棚《だな》の前だ。

そこに置かれた三つの写真立てを見下ろす。

妻と娘が並んだ写真。

少年時代、第七班で撮《と》った写真。

そして、以前撮影した親子三人が揃っている写真。

写真撮影など久しぶりだったため、写真家からは『お父さん、笑ってくださいねー』『もう少し笑ってェ』『もっとこう、自然に――』『……もしかして、表情筋《ひょうじょうきん》死んでます？』などと、散々な言われようだった。

「懐かしい？」

サクラが盆に湯飲みを載《の》せて戻ってきた。口ぶりからして、第七班の写真を見ていると勘違いしたようだ。

「いや。ただ眺《なが》めていただけだ」

湯飲みを受け取り、茶をすする。と、サクラの視線がこちらから外《はず》れていないことに気づいた。まじまじと顔を見つめてくる。

「なんだ？」

「アナタ、随分髪が伸びてない？」

「……………？」

サスケは湯飲みを覗き、茶の表面に映る自分の顔と、写真立てに収《おさ》まった自分の顔を見《み》比《くら》べた。たしかに、撮影当時より長くなった気もするが……

「切ってあげよっか」

「いや――」

断《ことわ》ろうとして。

サスケは思《おも》い止《とど》まった。

「……そうだな、頼む」

「わかった。準備するからちょっと待っててね」

軽く鼻歌など歌いながら遠ざかる妻を目で追ったあと、サスケは写真立てに視線を戻した。写真の中のサラダは、凜《りん》とした表情をしていた。


『……なんか、今日のパパ……うざいよ』


苦々しく吐き捨ててきたサラダの表情とは、似ても似つかない。

「さ、どうぞ」

振り向くと、居間の中央に敷物が敷かれ、その上に椅子《いす》が置かれていた。

「ああ」

サスケは外套を脱いで写真立ての横にまるめると、椅子に腰掛けた。すぐさま首に布が巻かれたため、まったく変《か》わり映《ば》えしなかったが。

「左の前髪は、目が隠れる長さでいいのよね」

サクラは鼻歌を再開すると、指先で髪をいじり、

「それで――」

訊ねてきた。

「気になってるのはサラダのこと?」

サクラの唐突《とうとつ》な質問に、サスケは目を細めた。

「……カカシから連絡でもあったのか」

「ないけど……聞かなくてもわかるわよ、そのぐらい」

夫婦だもの――サクラは小声でそう付《つ》け加《くわ》えた。

振り向いて反論しようとしたが「はい、動かないで」と、サクラに頭を押し返された。すぐに耳元でジョキン――と鋏《はさみ》の音が鳴る。布越しに髪が滑《すべ》り落《お》ちていくのがわかった。

やむなく、正面を向いたままサスケは言った。

「別に気にしてるわけじゃない」

「本当に?」

「…………」

サスケは口をつぐんだ。言うべき言葉を探したが――どれとも選べず、声にならなかった。

サクラが微笑する。

「ほら。やっぱり気にしてるじゃない」

「気にしてるわけじゃ――」

「はいはい、動かない」

今度は反対の耳元で鋏の音が響《ひび》いた。サスケは言葉半ばで固まっていた口を閉じると、諦《あきら》めて寡黙《かもく》に徹《てつ》した。

「反抗期……なんて言葉で片づけられたら楽なんだけど」

櫛《くし》で髪を梳《す》きながら、サクラが言った。

「あの子の場合、パパへの憧《あこが》れが他の子より強かったんだと思う。普段会えないぶん、どうしてもね。どんなパパよりも恰好良くて、どんなパパよりも強くて……ま、実際にその通りなんだけど！」

それはノロケだったのか、サクラは照《て》れ臭《くさ》そうに笑った。

「そのぶん、駄目《だめ》なところをちょっと見ただけで幻滅しちゃう。しゃーんなろーよ、ほんと。贅沢《ぜいたく》なことで悩んじゃって」

肩に落ちた髪が、ゆっくりと払われた。

「サラダには普通のアナタがまだよくわかってないんだもの。だから、アナタも肩肘《かたひじ》張らずに普通に接してあげればいいんだと思う。具体的にどうすればいいのか……っていうのは、ちょっとよくわからないけど……」

肩を払っていた手が、ゆっくりと止まり。

サクラは、肩に触れたまま言葉を続けた。

「アナタが子供の頃、お父さんに求めていたことと一緒じゃない？」

◎◎◎◎◎

森の中を流れる川のほとりで、サラダが手裏剣を構えていた。

川の下流はすぐ崖《がけ》になっており、流れ落ちる滝の音が轟々《ごうごう》と響いている。滝口の水流はうねるような激しさで、水面は白く泡立ち、岩をも砕く勢いだった。

そんな激流に揉《も》まれ、二重丸を描いた的が揺れていた。

的の付いた丸太を近くの木に繋《つな》ぎ、彼女が川に流したものだ。

予測不可能な動きを見せる的は、手裏剣の修業にうってつけなのだろう。

彼女は手裏剣を構えると、即座に投擲《とうてき》した。

――シュッ！

だが、手裏剣は的から大きく外れ、対岸の木に突き刺さった。

「……ぁあっ！　もう！」

苛立《いらだ》たしげにサラダが声をあげる。対岸の木には、既《すで》にいくつもの手裏剣が刺さっていた。

「なんで上手くいかないのよぉー……」

ぼやきながらも、サラダ自身、原因はよくわかっているようだった。深呼吸を繰《く》り返《かえ》し、気持ちを落ち着かせている。

「……よしっ！」

再び手裏剣を構え、投擲。今度は吸い込まれるように的の中心へと向かっていく。

サラダが固唾《かたず》を呑む。が。

――ガインッ！

的に当たる寸前、何者かの手裏剣がサラダの手裏剣を弾《はじ》き飛《と》ばした。

「――――！」

突然の闖入者《ちんにゅうしゃ》に、サラダがハッと身構える。けれど手裏剣が投げられた茂《しげ》みを見るなり、彼女は白けた様子で構えを解いた。

「なに。邪魔しないでくれる？」

手裏剣を投げ込んだのは……サスケだった。

「…………」

サスケは黙って茂みから出ると、サラダの隣に並び立った。彼女は訝《いぶ》かしそうに目をすがめたが、結局、無視することに決めたようだった。

水上の的へと向き直り、再び手裏剣を投擲する——のだが。

——ギィンッ！

今度もまた命中する直前で、サスケの投げた手裏剣が邪魔をした。

「ちょっと！」

抗議してくるサラダを横目で一瞥すると、サスケは的を見定め、手裏剣を放った。

「あっ！」と叫ぶと同時に、サラダも手裏剣を投げる。

——キキンッ！

的に向かっていたサスケの手裏剣が、今度はサラダの手裏剣によって打ち落とされた。

「っし！」

まるで的に命中したかのようにサラダがガッツポーズを取るが、サスケが見ていることに気づくと、決まり悪そうに背中を向けた。

その態度に、サスケが薄い笑みをこぼす。

「サクラから聞いたが」

次の手裏剣を構えながら、サスケは言った。

「火影になりたいんだってな」

屋台通りでナルト親子を見かけたとき、サラダは仲睦まじい親子の姿を羨んでいるのだとサスケは思った。だが、それは誤りだった。彼女が見つめていたのは『父親のナルト』ではなく『火影のナルト』だったのだ。

「……なによ。無茶な夢だって笑うつもりなの？」

「いいや」

サスケはかぶりを振り、言葉を続けた。

「オレも一時、火影になろうとしていた」

「えっ？」

サラダが驚いて固まった隙《すき》に、サスケは手裏剣を投げた。

我に返り、サラダも慌《あわ》てて手裏剣を投じる。ふたつの手裏剣がぶつかり、鋭い金属音を響かせて川に落ちていった。

「初耳なんだけど」

「話したのは数人だけだ。宣言するタイミングと場所が悪かった」

そして、掲げた理念も。

それを口にする前に、サスケは素早く手裏剣を投擲した。こっそりと、サラダが的を狙っていたのだ。

——ガギィインッ!

またもやふたつの手裏剣が川に消える。

チッ、とサラダが舌打ちした。

サスケは目を細め、口角《こうかく》を僅《わず》かに上げた。ほんの僅かに。

微笑のつもりだったのだが、サラダの目には嘲笑《ちょうしょう》として映ったのか。彼女はムッとしていた。

けれど、それも一瞬だ。

サラダは得意げにほくそ笑むと、右手を軽く掲げてみせた。指と指の間にはさまれ、三枚の手裏剣が鈍色《にびいろ》に輝いている。

次の瞬間、彼女はそれらを同時に投げた。三枚の手裏剣がカーブを描き、的へと向かっていく。

が。

——キィン！　カッ！　キキィン！

「——はぁ!?」

三枚の手裏剣はひとつ残らず、サスケの手裏剣によって弾き落とされた。しかも、たった一投、一枚の手裏剣で。

サラダが信じられない面持《おもも》ちでサスケを凝視《ぎょうし》する。

サスケもまた娘を見下ろして、

「……フッ」

今度は微笑ではなく、鼻で笑った。

それが始まりの合図だった。

サラダが目をつぶり、ゆっくりと的に向き直る。

次に目を開くと、その瞳は赤く染まっていた。父親譲りの写輪眼だ。

「馬鹿《ばか》にすんのも……」

続けて両手を胸の前で交差させる。どこから取り出したのか、その手には溢《あふ》れんばかりの手裏剣が握られていた。

「大概《たいがい》にしてよね！」

下からすくうように腕を振るい、サラダが的に向かって一投目を投げた。続けて大きく振りかぶり、もう一投。さらに——

サラダが立て続けに手裏剣を投げる。雨あられと止《と》め処《ど》なく滑空する手裏剣の群れを、サスケは冷静に打ち落としていった。それこそ、蠅《はえ》でも払うような気軽さで。

金属音が絶え間《たま》なく響く中、サスケは口を開いた。

「オレが目指した火影は……歪《ゆが》んでいた」

「気が散るから黙ってて！」

手を休めず、サラダが叫び返す。

けれど構わず、サスケは続けた。

「だが、オレには歪みを諭《さと》してくれる友がいた。前を歩き、正しい道を示してくれる……あいつが」

「さっきからなんなの？　オレも昔はワルだった自慢？　それとも友達自慢!?」

「自慢できるような友でもない。あいつは自分がそうだと思った方向に突き進むだけの、ただのウスラトンカチだ」

「意味わかんない！」

「あいつの背中を見ていたお前なら……オレのように道を誤ることもないだろう。きっと立派な火影になれるはずだ」

「えっ？」

「応援する。諦めるなよ」

まさかエールを送られるとは思っていなかったのか。サラダがぽかんと口を開ける。

――と。最後に投げた手裏剣があらぬ方向に弾かれ、的を繋いでいたロープを切断した。

一瞬の内に激流に呑まれ、的が滝のほうに流れていく。

「……あっ」

無念そうにサラダがぼやく。

手裏剣を構えていた手をゆるりと脱力させるが――

「諦めるのか？」

サスケが言うと、ぴたと、その手が止まった。

彼女は振り返ってサスケの目を見ると、不敵な笑みを見せた。

「馬鹿言わないでよね」

サラダが滝口へと向き直り、もう一度手裏剣を構える。

写輪眼が崖の際《きわ》を捉《とら》えたとき、的が滝から投げ出され、空中に姿を見せた。

その一瞬を見逃《みのが》さず、サラダが腕を薙《な》ぐ。

やや曲線を帯《お》びた軌道で、手裏剣が的へと向かっていく——が、的が落下するスピードのほうが速く、僅かに届かなかった。サラダが口惜《くや》しげに唇《くちびる》を噛《か》む。

そのときだ。

——シュッ！

サスケが娘の後ろから手裏剣を投げた。

それは凄《すさ》まじいスピードでサラダの手裏剣へと迫《せま》り、滝壺《たきつぼ》の方向へと弾き落とした。

——スコンッ！

次いで耳に届く、木に刺さる音。

サラダは唖然《あぜん》としていたが、やがて意気を取り戻すと崖際《がけぎわ》に駆けていった。サスケもあとに続き、娘と並んで崖の下を見下ろす。

はるか下方、滝壺からぷかりと浮かんできた的の中心には、しっかりと手裏剣が刺さっていた。

「……パパ、すごい……」

呆然《ぼうぜん》と口を開き、軋轢《あつれき》も忘れてサラダがつぶやく。

「オレじゃない。命中したのはお前の手裏剣だ」

屁理屈《へりくつ》のようなフォローに、サラダが苦い顔をするが……すぐに相好を崩し、彼女は肩の力を抜いた。

屈託《くったく》なく笑う娘を見下ろして、サスケは少しだけ口を開いた。頭にあるのは妻から贈られた言葉だ。

『アナタが子供の頃、お父さんに求めていたことと一緒じゃない？』

そう言われたとき、空き地の前で感じた郷愁がまたも脳裏に蘇《よみがえ》った。

まだあどけなさの残るガキは、父に認められようと必死になっていた。父の期待に応《こた》えて、

『さすがオレの子だ』

――そう言ってもらうために。

サスケはかつて胸に湧いた気持ちを思い出しながら、サラダにも同じ言葉を贈ろうとした。

「さすがオレの――」

正確には、贈ろうとして。

サスケは躊躇《ちゅうちょ》した。この言葉はきっと、たかだか手裏剣を的に当てたぐらいで口にしていいものではない。もっと別のなにか。あるいは、大きな夢を叶《かな》えたときに――

「………？」

急に黙ったせいか、サラダは不思議そうにしていたが、

「あーあ。修業してたら、なんだかお腹《なか》減っちゃった」

すぐにニコニコ顔を取り戻し、遠回しに甘えてきた。

「甘いものでも買ってもらおっかな。リンゴ飴とか」

けれど。

父親の表情を改めて見るなり、彼女は笑顔をしぼませた。察したのだ。

「……もう行っちゃうの？」

「ああ。木ノ葉には任務報告がてら寄っただけだ。もともと長居するつもりはなかった」

「……そうなんだ。次はいつ報告に来るの……？」

「さあな」

娘のくぐもった声に素《そ》っ気《け》なく答えると、サスケは外套の裾をばさりと鳴らし、踵《きびす》を返

した。

なにか言いたそうにしているサラダの気配を背中に感じながら、森へと歩いていく。

が、サラダが鼻をすする音を聞き、足を止めた。

振り返ると、彼女は慌てて眼鏡を外し、目元をこすっていた。

「…………」

離れたばかりの距離を、もう一度ゆっくりと歩《あゆ》み寄《よ》り――

サスケは、娘の額に指先を向けた。

じとりと、サラダが上目遣《うわめづか》いに睨んでくる。

「……またデコトンで誤魔化す気？」

ぴたりと、サスケの手が止まる。

デコトンってなんだ。そう思わないでもなかったが。

サスケは額に向けていた手を横にずらし、サラダの肩に触れた。

「デコトンじゃない」

腰を落とし、視線の高さを娘に合わせる。

「火遁だ」

しっかりと娘の目を見て、サスケは言った。

「今度帰ったときには火遁を教えてやる」

サラダはぼんやりとしていたが、サスケが笑みを浮かべると。

目を細めて、にっと笑い返してきた。

幕間 四　シノせんせいと！　モンペ？

教師という職業柄《がら》、話す相手はどうしたって生徒——子供ばかりになる。けれど、大人《おとな》とだって話すことはあるのだ。同僚であったり、上司であったり、忍者学校《アカデミー》に出入りする業者であったり。そして——

「……む」

「……ん」

木《こ》ノ葉《は》隠《がく》れの里の目抜き通りを歩いていたシノは、正面から歩いてくる人物に気づき、足を止めた。

向こうも同様に足を止めている。

そうして互いに向かい合い、出てきた言葉が「む」と「ん」だった。シノは「む」だ。

大人と話すこと。同僚。上司。業者。そして。

「うちはサスケ……」

生徒の保護者とだって話すことはある。

シノはサスケと向かい合っていた。

「油女《あぶらめ》シノか……」

かつての生徒、うちはサラダに保護者同伴の必要が生じた場合、それはすべて母親のサクラが担当していた。忍者学校《アカデミー》の教師になってからサスケと話す機会は、今までなかった。

というより、教師になる前からあまりなかった。

中忍《ちゆうにん》時代、下忍《げにん》時代……いや、そもそも忍者学校《アカデミー》の一生徒だった時代から、じっくり話したことなどあっただろうか？　思い出そうとしたが、大蛇丸《オロチまる》が木ノ葉を襲《おそ》った折に、砂《すな》のカンクロウの前で二、三の言葉を交《か》わした記憶しか引っかからなかった。

物思いにふけり、シノはいつしか空を眺《なが》めていた。出てきた結論はひとつだ。

（なにを話せばいいのか……わからん）

それは向こうも同じだったのだろう。シノが空を仰《あお》いでいるのに対し、サスケは地面を見つめていた。が。

「そういえば」

意外なことに、話の口火を切ったのはサスケだった。

「忍者学校《アカデミー》で娘が世話になったそうだな」

「あ……ああ」

教師と生徒の保護者という関係を意識して、シノはなんとはなしに襟《えり》を正した。

ゴホン、と咳払《せきばら》いしてから、シノは言った。

「彼女が進もうとしている道は、決して楽な道ではない。辛《つら》く険《けわ》しい道程になるだろうが……どうか父親として、見守ってやってほしい」

「……父親として、か……」

思うところでもあったのか、サスケの顔に思案が浮かぶ。

「なら……父親として訊《たず》ねておくべきかもな」

顎《あご》に手を当て、サスケはつぶやいた。

「——かなかったか?」

「……? なんだって?」

言葉の出だしが聞こえず、シノは問い返した。

耳をそばだてると。

「悪い虫はつかなかったか?」

今度はよく聞き取れた。

聞き取れて——

「…………」

シノは再《ふたた》び空を見上げた。

今度は物思いの結果ではなく、なにか青いものを見て心を落ち着けたかったのだ。

ゴーグル越しであるため、随分《ずいぶん》とくすんだ空の色だったが。

シノはそこに『忍耐』という字を思い描いた。

ひとつでは足《た》りず、ふたつ、みっつと描いた。

『忍耐』『忍耐』『忍耐』……途中から『忍耐』という字は本当に『忍耐』と書くのか怪《あや》しくなりはじめ、ひらがなに変えてもみた。にんたい。

忍者とは耐《た》え忍《しの》ぶ者。やってやれないことはない。

……けれど、自分の覚悟とは裏腹に体が震えはじめて。

「む……虫に……っ」

ついでに声までも震わせて。

「虫に悪いやつなんていないッ!!」

シノが頭上に描いたたくさんの『忍耐』は、蟲《むし》の群れが呆気《あっけ》なく食《く》い潰《つぶ》していった。

終章

NARUTO SHINDEN

『親子の日』を無事に終えて、その翌日。

ナルトは火影室《ほかげしつ》の椅子《いす》に腰掛けると、深々と息を吐いた。

背もたれに後頭部を預け、ぼんやりと天井を眺《なが》める。

見慣れた天井だ。

けれど、なぜだか久しぶりに目にした気がする。一日しか間が空《あ》いてないというのに。

ここ最近、ずっと机の上しか見ていなかったせいだろうか。

と、廊下を近づいてくる足音が聞こえた。これも聞き慣れた音。シカマルだ。

「休み明けだってのに、なんて面《つら》してやがる」

扉を開けるなり、シカマルは苦笑をたたえてそう言った。

ナルトは自分の頰《ほお》を撫《な》でて、

「そんなに変な顔してたか？」

「はっきりと〝くたくた〟って書いてあるぜ。休めなかったのか？」

頰にあてていた手を、ナルトは首筋へと移した。

「一日中走り回ってたから、たぶんそのせいだってばよ」

「そうかい」

もう一度苦笑して扉を閉めるシカマルに、ナルトも訊《たず》ね返した。

「そっちは？　ちゃんと休めたのか？」

「いいや、まったく。休むどころか白玉《しらたま》に殺されかけた」

「……白玉……？」

なにかの冗談かと思ったが、シカマルは真剣だった。

「おまけに、家に帰ったらテマリのやつが『なに負けて帰ってきてんだい！』なんてキレてきてな。すげぇ剣幕で……そっちにも殺されかけた」

もう少しで休日が命日になるとこだったぜ……そうぼやくシカマルこそ、疲れているように見えたが。

「けどまぁ」

小声ではあるものの、あっけらかんとした口調で。シカマルは続けた。

「悪くない休みだったんじゃねーの。それこそ、家に寝に帰るだけの休日よりはよ」

だろ？　と念を押され、ナルトは満面の笑《え》みと共に、それに答えた。

「ああ。悪くないどころか……最高の休日だったってばよ」

なんなら月一ぐらいでやってもいいぐらいだ。そう付《つ》け加《くわ》えると、シカマルは口の端《はし》を僅《わず》かにつり上げた。

「だったら……お前にとって朗報《ろうほう》かもな」

バサリッ、と紙の束《たば》が机の上に投げ出される。

「……？　なんだこれ？」

「今朝《けさ》届いた陳情書《ちんじょうしょ》だ。内容は――」

シカマルが説明しようとしたとき、窓の外から声が聞こえた。

話し声どころではない。大勢が集まって、なにかを叫ぶ……大声が。

「……？」

怪訝《けげん》に思いながら窓に近寄り、外を見てみると。

「な――なんだぁ？」

火影屋敷の前に人だかりができていた。昨日《きのう》、ますだ屋に集まっていた人数と同等――いや、それ以上の数が。

窓を開けて顔を出すと、彼らの声がよりはっきりと届いた。

「親子だけなんてズルいぞぉぉ――っ！」

「そうよ！『夫婦の日』は？『姉妹の日』があってもいいじゃない！」

「『独身の日』も頼むぅ！　独身の男女が集まって、こう、趣味と年収と将来設計を聞き合うイベントを……」

「ただの見合いじゃねェか！　そんなのより『兄弟の日』をだな！」

やいのやいのと、みんなが好き勝手に要望を並べている。

「やかましいぞ！　夫婦だの兄弟だの、いつでも会いに行ける連中は我慢しろ！　今必要なのは『祖父と孫の日』だ！　滅多《めった》に孫と会えんジジイのために『祖父と孫の日』を作ってくれ!!」

ひときわ大きな声で叫んだのは、ひときわ大きな男——秋道《あきみち》チョウザだった。

それと……気のせいだろうか。巨体の後ろに隠れて、義父の日向《ひゅうが》ヒアシも同じようなことを叫んでいるふうに見えたのだが。

「『犬の日』だあああァッ！　『犬の日』を作りやがれえええええッ!!」

この声はキバだ。そっちはまぁ、目を合わせないようにしつつ。

「……ってな感じのことが、陳情書になってあがってきてる」

後ろからシカマルの声。

「どうする。月一でやるか？」

シカマルの挑戦的な眼差《まなざ》しを受けて、ナルトはしばしきょとんとしていたが。

「へへっ」

目を細めて笑うと、机から火影の判子《はんこ》を取り出した。

「夫婦に独身、姉妹に兄弟……ついでに祖父と孫と犬だっけか？」

たしかに『親子の日』は親子の絆《きずな》をより深いものにした。

けれど、それは姉妹や夫婦――親子以外の者だって例外ではなかったはずだ。大事なのはカレンダーに記《しる》した名前ではなく、同じ時を過ごし、想《おも》いを伝えることなのだから。

その機会が得られるのなら、どんな激務も辛《つら》くはない。

「当分は休み全部に名前をつけて、パーッと騒ぐってばよ！」

ナルトは、判子を持った手を高く高く振り上げた。

NARUTO―ナルト―
ナルト新伝
親子の日

2018年5月7日　第1刷発行

著者　岸本斉史◎宮本深礼

編集　株式会社　集英社インターナショナル
〒101-8050　東京都千代田区一ツ橋2-5-10
TEL　03-5211-2632（代）

装丁　高橋健二（テラエンジン）

編集協力　添田洋平（つばめプロダクション）

編集人　島田久央

発行者　鈴木晴彦

発行所　株式会社　集英社
〒101-8050　東京都千代田区一ツ橋2-5-10
TEL　03-3230-6297（編集部）
03-3230-6080（読者係）
03-3230-6393（販売部・書店専用）

印刷所　共同印刷株式会社

ISBN978-4-08-703447-9 C0093

検印廃止

本書は書き下ろしです。

NARUTO -ナルト- BORUTO -ボルト- 小説シリーズ

忍年表

10数年前

うちはイタチ木ノ葉を抜ける！

JC1巻

1：うずまきナルト!!

◉落ちこぼれの忍ナルトは火影を目指す！

JC72巻

699：和解の印

◉ナルトとサスケ「終末の谷」にて決着!!

◉第四次忍界大戦終結!!

数ケ月後

はたけカカシ六代目火影就任!!

◎サスケ、木ノ葉隠れの里を去る

2年後

奈良シカマル忍連合の重役に!!

イタチ真伝
【光明篇】

イタチ真伝
【暗夜篇】

カカシ秘伝
氷天の雷

シカマル秘伝
闇の黙に浮ぶ雲

10数年後

うちはサスケ贖罪の旅の真実！

JC72巻

700：うずまきナルト!!

◎ナルト七代目火影となり木ノ葉を治める!!

先代火影の忍び旅、新世代の中忍・ミライが護る!!

うずまきボルト忍者学校《アカデミー》に入学!!

サスケ真伝
【来光篇】

木ノ葉新伝
湯煙忍法帖

BORUTO -ボルト-
-NARUTO NEXT GENERATIONS-
NOVEL 1

大筒木トネリ襲来!!

THE LAST
-NARUTO
THE MOVIE-

数ヶ月後

サクラ木ノ葉病院内に
新施設創設!!

サクラ秘伝
思恋、春風にのせて

六代目火影より
特別任務発令!!

◎ナルトとヒナタ結婚!!

木ノ葉秘伝
祝言日和

数ヶ月後

風影・我愛羅、20歳に!!

我愛羅秘伝
砂塵幻想

うちはサスケ
〝暁〟に家族を
殺された兄弟と出会う

暁秘伝
咲き乱れる悪の華

JC

『NARUTO-ナルト-外伝
～七代目火影と緋色の花つ月～』

BORUTO -ボルト-
-NARUTO NEXT
GENERATIONS-
NOVEL 2

BORUTO -ボルト-
-NARUTO NEXT
GENERATIONS-
NOVEL 3

霧隠れの里へ
修学旅行!!

BORUTO -ボルト-
-NARUTO NEXT
GENERATIONS-
NOVEL 4

忍者学校《アカデミー》卒業!!

BORUTO -ボルト-
-NARUTO NEXT
GENERATIONS-
NOVEL 5

ボルト中忍試験中に
大筒木モモシキが襲撃!!

BORUTO -ボルト-
-NARUTO
THE MOVIE-

JC

『BORUTO-ボルト-
-NARUTO NEXT GENERATIONS-』
へと続く!!

つながる!!
忍者学校《アカデミー》時代!!!!
七代目
全5冊で
忍者学校《アカデミー》生活の
すべてがわかる!
イラストは
池本幹雄 先生
描き下ろし!
BORUTO
-ボルト-
-NARUTO《ナルト》 NEXT《ネクスト》 GENERATIONS《ジェネレーションズ》-
NOVEL